그곳에 나타난 것은
길고 뾰족한 귀를 가진 가냘픈 소녀였다.
그 소녀의 눈동자를 본
자간의 가슴이 떨렸다.
발끝부터 머리 꼭대기까지
무언가가 내달리는 느낌이었다.
마왕인 내가 노예 엘프를 신부로 삼았는데 어떻게 사랑하면 되지?

마뉴엘라
네피의 옷을 사러 간 옷가게의 점원. 타고난 밝은 성격 덕분에 누구와도 금방 친해진다.
샤스틸 릴키비스트
성검의 계승자이자 성검의 소녀라 불리는 소녀. 검의 달인이지만 너무 착해서 쉽게 속는다. 마술사를 토벌하는 과정에서 위험에 처했을 때 자간의 도움을 받아 목숨을 건졌다. 덕분에 사악한 존재인 줄만 알았던 마술사 자간에 대한 마음 때문에 갈등하고 있다.
발바로스
자간과 때때로 행동을 같이 하는 마술사. 마술사로서의 실력이 뛰어나서 차기 〈마왕〉 후보 중 한 명.

자간
고아로 태어나 어린 시절 어
떤 마술사에게 실험용으로 유괴
되었으나, 반대로 그 마술사를 암
살하고 재산과 지식을 손에 넣었다.
네피에게 첫눈에 반해 돈을 지불하
고 샀지만 다른 사람에게 호감을
가지게 된 것이 처음이라 어떻
게 대하면 좋을지 몰라서
고민 중이다.
네페리아
하얀 머리를 가진 희귀한
엘프 소녀. 애칭은 네피. 뛰어
난 마력을 가진 엘프 중에서도
유난히 강한 마력 때문에 '저주 받
은 아이' 취급을 당했다. 자신에
게 '필요하다'라고 말해준 자간
에게 조금씩 호감을 가지
게 된다.

그 남자는 흙먼지 속에서 천천히 나타났다.
굉음과 함께 석벽이 산산이 부서졌다.
"너, 네피에게 상처를 입혔겠다?"

마왕인 내가 노예 엘프를 신부로 삼았는데 어떻게 사랑하면 되지? 1

지음/테시마 후미노리 • 일러스트/COMTA • 옮김/권미량

NEXT

커버 그림 · 본문 일러스트 **COMTA**

Contents

✡ 프롤로그

——이 상황을 어떻게 하면 되지……!

현재 자간은 궁지에 몰려 있었다.

장소는 자신이 거처하는 성.

바닥은 낡고 뒤틀린 상수리나무로 되어 있고 벽은 이끼가 낀 벽돌을 쌓은 것. 양탄자와 벽걸이 장식 같은 것으로 대충 가리려고 한 것 같지만, 자간은 기본적으로 보수하고 손질하는 것을 모르는 사람이었다.

건축된 지 최소 200년은 지난 듯한, 음울한 공기로 가득한 황폐한 성이었다.

그런 성의 옥좌에서 다리를 꼬고 거만하게 앉아 있는 자간의 앞에 한 소녀가 오도카니 서 있었다.

제일 먼저 눈길을 끄는 것은 허리까지 내려오는 새하얀 머리. 그리고 그 머리를 장식하는 진홍색 리본. 작은 얼굴에 자리 잡은 커다란 눈은 여름 하늘을 닮은 감청색, 입술은 자그마하고 얇은 분홍색이었다.

가냘픈 몸에 걸친 것은 순백의 드레스였는데, 깊이 파인 가슴팍 사이로 마른 몸과 달리 큰 두 언덕이 살짝 보였다.

다만, 그 눈동자는 굉장히 공허하고 귀는 뾰족했다.

예로부터 북쪽 성지의 요정이라 불렸던 전설의 종족——엘프다.

특히 하얀 머리를 가진 개체는 매우 드물고 힘도 강한 것으로 알려져 있다.

인간보다 신에 가까운 존재로 여겨지는 그녀들은, 그 신성함 때문에 인간족의 사냥 대상이 되는 일도 적지 않다. 그녀들은 머리카락 한 올부터 피 한 방울까지, 생명 그 자체가 마술적인 촉매라서 이루 헤아릴 수 없는 힘을 가지고 있기 때문이다.

그 가냘프고 신비로운 소녀의 목에는 사슬이 달린 투박한 고리가 끼워져 있었다.

노예의 목걸이다.

그리고 이 소녀의 존재가 바로 자간을 고뇌하게 만드는 것의 정체였다.

——좋아하는 여자와는 어떻게 대화하면 되지……!

몇 시간 전, 이 소녀에게 첫눈에 반해 몸값을 지불하고 산 것까지는 좋았지만, 지금까지 또래 소녀와 말을 섞어볼 기회 자체가 거의 없었던 자간이었다.

이성의 마음을 끄는 방법 따윈 하나도 몰랐다.

소녀 역시 노예라는 신분으로 팔려 온 몸이다. 긴장하고 있는 건지 표정이 딱딱하게 굳어서 무표정이라고 해도 과언이 아닐 정도였다.

언제까지고 가만히 있을 수는 없다. 무슨 말이든 해야 한다.

마음속으로 할 말을 떠올려본다.

'하늘이 참 아름답군요.'

——……아니야. 이건 아니지, 이건 아니야.

이곳은 하늘이 보이지 않는 실내고, 천장을 올려다보면 무슨 고문 기구 같은 건지 녹슨 사슬이 달려 있다. 게다가 어차피 밖은 흐릴 것이다.

아무리 생각해도 이건 아니다. 그렇다면 무슨 말을 해야 하나.

'이 성, 어떤 것 같습니까?'

——머리를 좀 식히자. 여긴 시체와 마술 도구가 여기저기 굴러다니는 황폐한 성이라고!

처형장이나 지옥 같네요, 라는 대답밖에 떠오르지 않았다.

아니, 그보다 데리고 오기 전에 청소라도 좀 해놓을 걸 그랬다고 이제 와서 후회했다.

그렇게 약 1시간이 지나려 하고 있을 때였다.

먼저 입을 연 사람은 자간이 아니었다.

"주인님. 질문을, 드려도……, 될까요?"

구슬이 굴러가는 것처럼 조용하고 기분 좋은 목소리였다.

"……뭐지?"

자기도 모르게 무뚝뚝하게 대답해버린 자간은 속으로 머리를 감쌌다.

——이러면 누가 봐도 화를 내는 것 같잖아!

모처럼 저쪽에서 먼저 말을 걸어줬는데.

자간이 그렇게 괴로워하고 있는데, 소녀는 아무것도 느끼지 못하는 것 같은 목소리로 이렇게 말했다.

"전 어떤 방식으로 죽게……되는 건가요?"

자간은 깜짝 놀라 입을 열었다.

"잠깐 기다려! 왜 내가 너를 죽인다는 거지?"

"엇……. 아닌……가요?"

그렇게 말하더니 소녀는 벽과 천장에 매달려 있는 물건에 시선을 던졌다.

피가 말라붙어 있는 톱, 안쪽에 긴 바늘이 달려 있는 쇠로 된 관, 크기가 다양한 가위 등, 보기에도 무시무시하게 생긴 것들이 장식품처럼 늘어서 있다.

이 성의 예전 주인이 남긴 고문 기구였다.

——그러고 보니 오늘 아침에 죽인 침입자의 시체를 그대로 방치해뒀군. 무서울 만도 하지…….

다시 생각해보니 소녀도 그 시체——머리가 날아간 처참한 시체다——를 보고 겁을 먹은 것 같다.

이렇게 흉흉한 곳으로 여자를 데리고 와서 '나는 신사다. 무서운 짓은 절대 하지 않아'라고 지껄이는 마술사가 있다면, 자간이라면 일단 주먹부터 날리고 볼 것이다.

등줄기를 따라 식은땀이 줄줄 흐른다.

모든 희망을 잃어버린 것 같은 눈을 하고 있는 소녀에게 자간은 아무 변명도 할 수 없었다.

사건의 발단은 그날 아침의 일이었다.

날이 밝은 지 얼마 지나지 않은 숲속에서 새된 비명이 울려 퍼졌다.

울창한 나뭇가지와 잎이 천장처럼 펼쳐져 햇빛도 들지 않는 숲. 인근 마을에서는 미혹의 숲이라 불리는 곳이다. 이 숲의 중심에는 덩굴로 뒤덮인 낡고 황폐한 성이 있고 망령인지 악마인지 하는 마술사가 살고 있다는 소문이 돌았다.

자간은 그런 으슥한 숲을 걷고 있었다.

올해로 18세가 되는 소년이다. 검은 머리에 은색 눈동자. 안감이 붉은 검은색 로브를 걸치고 있다. 조금만 더 깔끔하게 차려 입었다면 어떤 지방의 귀족이라고 해도 통할 것이다.

"부탁이야, 그만해, 마이어스! 어서 정신 차……."

가만히 보니 한 여자가 기사로 보이는 남자에게 깔려 있었다.

아직 젊은 아가씨다. 소녀라고 해도 될 만한 나이였다. 반질반질하게 갈고 닦은 동처럼 아름다운 붉은 머리와 감청색 눈동자. 투명하리만치 하얀 피부. 곧게 뻗은 콧날에서는 귀족적인 기품이 느껴졌지만 그 이상으로 말괄량이 같은 인상이 강하기도 했다.

하지만 그 쾌활한 얼굴도 지금은 공포로 일그러져 있었다.

귀족 아가씨와 그 호위 기사 정도 되는 사이일까.

자간은 그들을 향해 느긋하게 걸어가며 그런 생각을 했다.

그러는 동안에도 소녀는 격렬하게 저항하며 남자의 얼굴을 할

퀴었다.

"——헉!"

하지만 얼굴이 새파랗게 질린 쪽은 남자가 아니었다.

소녀가 손톱으로 할퀸 얼굴이 슥 벗겨진 것이다.

피부가 말려 올라가더니 살점이 섞인 핏방울이 뚝뚝 떨어졌다.

"히익……."

처참한 광경에 소녀는 소리 없는 비명을 질렀다.

얼굴 피부가 벗겨져나간 곳에 얼굴은 없었다. 귀와 코는 떨어져나갔고 광대뼈도 부서져 원형을 잃은 상태였다.

——남자는 마술사인가.

자간은 그것이 마술의 대가라는 것을 알았다.

그렇게 추악하게 생긴 얼굴을 가까이에서 보게 된 가여운 소녀는 몸을 덜덜 떨었다.

남자는 허리춤에서 나이프를 꺼내더니 소녀의 가슴 위를 어루만지듯 미끄러뜨렸다.

"——읏!"

펄럭, 셔츠가 벗겨지면서 가슴이 드러났다. 이제부터 소녀가 무슨 짓을 당할지 상상하는 것은 어렵지 않았다.

수치심과 공포로 인해 아무 말도 못하고 있는 소녀를 보고 남자는 웃었다.

"하하, 제법 꼴리는 표정을 지을 줄도 아는군. 실망시키는 것 같아 미안하지만 네가 기대하고 있는 능욕은 해주지 못할 것 같다. 처녀라는 게 마술사에게는 제법 가치 있는 물건이거든."

――몸을 더럽힐 수는 없다――.

그런 남자의 말에 소녀의 표정에 한순간이지만 안도의 빛이 떠올랐다.

하지만 소녀는 모르고 있었다.

몸이 더럽혀지는 것보다 더 무시무시한 일을 당하게 되리란 것을.

"산 채로 벗긴 처녀의 얼굴 피부는 아주 좋은 매체(媒體)가 되지. 멋대로 죽으면 안 된다고?"

소녀의 눈동자에 바닥에 내던져진 살점이 비쳤다.

"아, 안 돼, 싫어어어어어어어어어어어어어어어어어어어어어어어!"

소녀가 절규하자 남자는 점점 더 기분이 좋아지는지 미소를 지었다.

"게다가 역시 너처럼 예쁘게 생긴 여자의 얼굴을 벗기는 건 개인적으로도 아주 즐겁거든. 얼굴을 다 벗기고 나면 몸도 귀여워해줄 테니까 안심해. 히히힛!"

자간이 남자의 뒤에 도착한 것은 그때였다.

그대로 남자의 머리를 움켜쥐고 한 손으로 슥 들어올렸다.

"어, 어라……?"

소녀의 뺨에 대려던 나이프가 얼굴에서 멀어지자 남자는 얼빠진 소리를 냈다.

"누, 누구냐!"

자신이 처한 상황을 이해하지 못했는지 노성을 지르는 남자의 모습을 보니 어이가 없었다.

"너야말로 누구냐. 강간인지 고문인지 모르겠지만 **남의 집 정원**에서 웬 소란이냐. 막 자려던 참이었는데 너 때문에 잠이 깼잖아!"

숙면 방해——소녀를 향한 동정이나 정의감이라고는 조금도 찾아볼 수 없는 말에 남자뿐만 아니라 소녀까지 아연실색했다.

성을 중심으로 이 숲 일대는 바로 자간의 영지였다.

그리고, 동시에 여기서는 아무도 자간을 상대로 이기지 못한다는 뜻이기도 했다,

마술사라면 그게 무엇을 의미하는지 정도는 알고 있을 것이다. 남자는 즉시 나이프를 던지고 손을 들었다.

"자, 잠깐! 같은 마술사들끼리 왜 이래. 나를 죽여도 너한테는 아무 이득도 없잖아. 그냥 넘어가주면 내 연구 성과를 양보하지!"

목숨을 구걸하는 행위였다. 그것도 전 재산을 다 줘도 상관없다는 수준이다.

마술사에게 있어 개인의 연구 성과라는 건 자신의 힘이나 마찬가지다. 지식을 손에 넣는다는 것은 그만큼 많은 마술을 구사할 수 있다는 뜻이기 때문이다.

그런데도 자간은 미심쩍다는 눈빛으로 남자를 노려보더니 내뱉듯이 이렇게 말했다.

"살아 있는 사람의 피부를 벗기지 않으면 사용하지 못하는 마술

따윈——필요 없어."

그 직후, 남자의 머리가 과일처럼 펑 터졌다.

"……아, 실수."

남자는 소녀의 몸 위에 걸터앉아 있었다. 남자의 머리가 터지면서 조각난 살점과 피가 그대로 소녀의 몸 위로 쏟아져 내렸다.

소녀는 피투성이가 되어 정신을 잃고 말았다. 나중에 눈을 뜨면 심적 외상 한두 개 정도는 생길 것이다.

아직 앳된 소녀가 이런 짓을 당하다니, 자간의 가슴속에도 죄책감이 피어올랐다.

——지, 진정해. 난 마술사다. 이 정도는 금방 원래대로 돌려놓을 수 있어.

핏자국만 없으면 소녀도 모든 것이 꿈이라고 생각하고 잊을 수 있을지도 모른다.

자간은 마음을 진정시키려는 듯 심호흡을 하더니 검지를 세워 빙그르르 돌렸다.

"원이여, 거꾸로 돌아라."

그렇게 외치자 지면에 커다란 원환이 생겼다. 정교한 문자와 도형으로 이루어진 마법진이다. 그리고 시간을 거슬러 올라가는 것처럼 소녀의 몸에서 피와 살점이 떨어져 마술사의 시체로 모이기 시작했다. 자간의 손에 묻은 피 역시 마찬가지였다.

이것이 바로 마술이다.

마술이라는 것은 기본적으로 이렇게 마법진을 그려야 행사할 수 있다. 이 도형 안에서는 물리법칙을 무시하고 마술사가 원하는 대로 현상을 일으킬 수 있다. 그리고 그 순서와 구조를 어떻게 연구하느냐에 따라 개개인의 실력 차이가 나타난다.

그 의미를 입에 담음으로써 마법진을 그리는 수고를 더는 주문이라는 방법도 있지만, 원리적으로는 같다.

다만 이 마술은 물체의 위치를 움직이기만 하는 것이라서, 시체로 모인 살점은 사라진 머리의 형태를 이루기는 했지만 금방 푹 꺼졌다.

그래도 소녀의 몸은 찢어진 옷까지 포함해 모두 원래대로 돌아왔다.

자간은 다시 소녀의 얼굴을 보고 휴우 한숨을 쉬었다.

——미인이네.

그때 문득 소녀의 목에 펜던트 하나가 걸려 있는 게 보였다.

"……십자가 문장——교회 사람인가?"

교회란 마술사를 눈엣가시처럼 여기는 자칭 신의 사도——그리고 그들이 보유하고 있는 정의의 성기사단을 가리킨다.

본래 기사는 왕에게 충성을 바치는 경건한 병사를 가리키지만, 그들은 힘 있는 마술사에게 대항하지 못한다. 하지만 교회에는 마술에 대항할 수 있는 신의 기적이 존재한다.

그렇다 보니 마술사와 싸우는 전장으로 향하는 것은 왕의 기사가 아니라 교회의 성기사였고, 어느새 기사라고 하면 교회를 가리키게 되었다.

즉, 교회는 마술사의 숙적이다.

——어떡하지? 잘못하면 내가 범인으로 오해받게 될 것 같은데…….

일단 자간이 이 소녀를 구하긴 했지만, 소녀 입장에서 보면 무섭게 생긴 마술사가 같은 동료를 죽인 것으로 밖에 보이지 않으리라. 게다가 피까지 흠뻑 뒤집어썼다.

소녀가 깨어나더라도 오해를 푸는 건 쉽지 않을지도 모른다. 그렇지만 어쨌든 한 번은 구해줬던 소녀를 다시 죽이는 것도 영 내키지 않았다.

"……뭐, 어쩔 수 없지."

조금 고민한 후, 자간은 소녀를 밖으로 내놓기로 했다.

숲 밖으로 뻗어 있는 길에 내던져두면 다른 사람이 발견할 수도 있다. 그 전에 정신을 잃은 소녀에게 해를 가할 악당의 눈에 띄게 된다면, 그건 그녀가 운이 나빴을 따름이다. 거기까지 배려해줄 의무는 없다.

가볍게 발뒤꿈치로 소리를 냈다. 소녀의 몸 아래, 방금 전과는 다른 마법진이 그려졌다.

이 마법진은 영지의 안과 밖을 잇는 전이의 마법진이다.

하지만 소녀를 전이시키기 전에 마법진 너머에서 무언가가 다가오는 게 보였다.

"——!"

자간은 눈을 휘둥그레 떴다.

——내 마법진을 침범했어?

이곳은 자간의 영지 안이다.

지금 같은 침입자가 있을 때를 대비해 자신의 성과 그 부지를 감싸듯이 마법진 몇 개를 깔아두었다.

결계다.

침입자의 위치를 알려주는 결계. 그것을 잡기 위한 결계. 자신을 제외한 다른 마술사의 힘을 감퇴시키는 결계. 그리고 자신의 힘을 증폭시키는 결계.

즉, 이곳은 하나부터 열까지 자간에게 유리한 자간의 영역인 것이다.

그런데도 마법진을 점령하다니, 평범한 마법사에겐 불가능한 일이다.

그렇게 예사롭지 않은 힘을 가진 침입자였지만 자간의 반응은 느긋하기 짝이 없었다.

"남의 마법진 좀 마음대로 사용하지 마, 발바로스."

나타난 사람은 늘씬한 장신의 청년이었다.

스무 살 정도 될까. 자간보다 두세 살 연상으로 보이고 키도 크다. 하지만 얼굴은 여위었고 눈 주위도 퀭했다. 후드가 달린 로브를 머리부터 뒤집어쓰고, 목에는 몇 개나 되는 장식품을 달고 있었다.

자간의 결계를 깬 것만 봐도 예사롭지 않은 힘의 소유자라는 것을 알 수 있었다.

"여어, 자간. 어디 아파 보이는 얼굴은 여전하네."

"아파 보이는 얼굴인 건 너겠지, 발바로스."

수많은 마법사들 중에서도 이렇게까지 당당하게 자간의 영지로 침입할 수 있는 남자는 발바로스 정도 밖에 없다.

그리고 자간의 유일한 악우(惡友)이기도 하다.

"그리고 남의 마법진을 마음대로 사용하지 마."

"그렇게 안 하면 여기로 전이할 수가 있어야지."

마술사가 가진 힘의 열쇠는 마법진이다.

그 마법진을, 이 남자는 자간의 것에 자신의 것을 덮어씌워서 이곳으로 침입해온 것이다. 말로 하면 간단한 것 같지만 그렇게 쉬운 일이 아니었다.

이곳이 자간에게 유리한 공간이라고 해도, 이 남자와 정면으로 싸워서 이길 수 있을지 장담할 수 없다. 그만큼 강한 마술사였다.

발바로스는 정신을 잃은 소녀와 땅바닥에 쓰러져 있는 시체를 보고 눈을 가늘게 떴다.

"뭐야. 파티하던 중이었냐?"

"남의 집 뜰에서 소란을 피우는 악당에게 본때를 조금 보여준 것뿐이다."

"히히, 네가 그런 말을 할 입장이냐."

본디 마술사라는 인종은 예외 없이 악당이다.

자신의 힘을 강하게 만드는 일에만 관심이 있고, 다른 사람의 생명이나 재산에서는 가치를 느끼지 못한다. 필요하다고 생각하면 타인의 것을 빼앗는 데에도 별다른 죄책감을 느끼지 못했다.

자간이 방금 소녀를 구해준 것도 선의가 아니라 그저 흥미가 없

었기 때문이다.

발바로스는 소녀를 힐끔 쳐다봤다.

"오, 이 여자, 마력을 제법 가지고 있을 것 같은데. 산 제물로 삼으려고?"

"산 제물이 필요한 마법은 내 취향이 아니야."

그렇게 말하고 다시 발뒤꿈치를 두드렸다.

소녀의 몸은 엷은 빛에 감싸여 사라졌다. 이번에야말로 영지 밖으로 옮겨진 것이다.

"아까워라. 필요 없으면 나한테 주지."

"남의 영지에서 납치 따위 할 생각하지 마. 괜히 나만 범인 취급당하잖아."

"흐흐, 그거 괜찮은 생각이네. 다음부터는 그래야지."

"……그랬을 때 네 거점이 날아갈 각오는 있겠지?"

이 남자라면 정말로 하고도 남기 때문에 자간은 험악한 눈빛으로 노려보았다.

하지만 그러는 것도 잠시, 자간은 졸린지 하품을 했다.

"어이, 무슨 일이야? 졸려 보이는데."

"밤을 새워 마술서를 읽었거든. 이제 가서 자야겠어. 용건이 있으면 내일 이야기해."

"하, 졸음 같은 건 뇌 속 아드레날린을 살짝 만져주면 아무 문제 없잖아? 이 몸이 일부러 여기까지 납셨는데 섭섭한 말 하지 마."

"그런 짓을 하니까 허구한 날 얼굴이 그 모양인 거다."

마술사는 인생을 걸고 마술을 연구해서 인간의 한계를 넘고자

하는 자다.

마술을 연구하기 위해서는 일단 살아야 했다.

그래서 마술사는 자신의 육체를 조작하는 일부터 배운다. 단순한 근력 조작뿐만 아니라 체내를 세포 단위로 다루는 것은 마술의 첫걸음이었다. 그래서 마술사는 병이나 수명과도 인연이 먼 존재였다.

그 정도는 할 수 있어야 마술사를 자처할 수 있다.

하지만 물이나 식량이 없으면 굶어 죽는다. 수면도 뇌를 속여서 줄일 수는 있지만, 아예 안 잘 수는 없다. 그 결과가 지금 발바로스의 얼굴이었다.

그래서 자간은 그런 종류의 마술은 웬만해선 사용하고 싶지 않았다.

발바로스가 재미있다며 웃었다.

"그렇게 말하지 말라니까. 흥미로운 이야기가 있어서 알려주러 온 거라고."

악당처럼 생긴 얼굴과 달리 친근하게 어깨동무를 해오는 발바로스.

"흥미로운 이야기?"

자간은 짜증나는 친구를 팔로 밀어내면서 그렇게 되물었다.

발바로스가 퀭한 얼굴에 미소를 띄웠다.

"그래. 얼마 전에 〈마왕〉 중 한 명——마르코시어스가 붕어한 건 알고 있지?"

그 이름이 나오자 자간도 눈을 커다랗게 떴다.

〈마왕〉——그것은 이야기 속에 나오는 마물의 왕이 아니다.

마술의 극치에 다다른 왕을 가리키는 호칭이다.

마왕은 그 칭호와 함께 절대적인 마력을 부여받아 하위 마술사들을 부하로 부릴 수 있었다. 마술사가 추구해야 할 힘과 권력이 있다면 이것이 바로 그 정점이 아닐까.

원래 〈마왕〉은 열세 명이 있는데, 그중 한 명이 1,000세라는 고령이었고, 마침내 숨을 거두었다. 마술은 수명을 늘려주지만, 그래도 1,000년이 한계인 모양이다.

그 〈마왕〉과 관계된 이야기라면 자간도 무시할 수 없었다.

"어라? 뭐야, 듣고 싶어서 미치겠다는 얼굴이네? 잠깐. 방금 졸리다고 하지 않았냐? 으~음, 유감스럽지만 여기서 너한테 원한을 사는 것도 좋은 생각은 아닌 것 같은데."

"거드름 피우지 말고 어서 말해."

"……하여간에 정나미라곤 없는 놈이라니까."

발바로스는 질렸다는 한숨을 내쉬고 말했다.

"큐아노에이데스라는 마을이 있잖아? 마르코시어스는 그곳을 영지로 삼고 있었는데 거기서 대규모 경매가 열릴 예정이야. 평범한 물건부터 우리 취향에 맞는 물건까지 뭐든 다 나올 거라더군."

"설마……."

꿀꺽, 침을 삼키는 소리가 났다.

"그 설마가 맞아! 나온다고. 그 〈마왕〉의 유산이."

수상하다——처음에는 그 생각부터 들었다.

하지만 〈마왕〉 마르코시어스는 1,000살이나 되는 고령이었다. 유산이라는 한 단어로 뭉뚱그리긴 했지만 한두 개가 아닐 것이다.

그중 하나가 경매에 유출되었다 해도 전혀 이상하지 않다.

발바로스는 팔꿈치로 자간을 찔렀다.

"그러니까 너도 와. 정 내키지 않으면 내가 쓸 만한 여자 한둘 정도는 골라줄 테니까. 그 다음에는 알지? 이것만 조금 원조해주면 돼."

그렇게 말하며 손가락 두 개로 동전 모양을 만들어 보였다.

요컨대 경매에 참가하고 싶지만 돈이 없다는 뜻이다.

자간은 한숨을 쉬면서도 거절은 하지 않았다.

"그러면 유산은 내가 받아도 되지?"

"야, 그건 아니지 않냐? 내가 가르쳐줬잖아."

"싫으면 다른 데 알아봐."

"너 말고 돈을 빌려줄 수 있는 마술사가 어디 있냐?"

발바로스가 우는 시늉을 하며 매달리자 자간은 결국 경매에 같이 가기로 했다.

하지만, 하고 자간은 생각했다.

——여자……라.

자간 역시 남자다. 여자의 몸에 흥미가 없는 건 아니다.

실제로 방금 전 소녀를 보고 살짝 가슴이 설레기도 했다.

그래도 많은 여자를 거느리고 있는 모습을 보면 매력을 느끼기 이전에 귀찮겠다는 생각이 먼저 들었다.

도구처럼 취급하면 된다고 생각할 수도 있다. 하지만 그럴 바에는 아무 말 없이 주어진 역할을 수행하는 평범한 마술도구가 훨씬 낫다.

사랑받고 싶은 욕구도 없는 건 아니지만 자신 또한 상대에게 그렇게 해줘야 한다는 생각을 하면 역시 귀찮았다.

육체적인 매력보다, 그 욕구를 충족시키기 위해서 감수해야 하는 단점이 먼저 눈에 들어오는 것이다. 그래서 자간은 아직도 여자를 몰랐다.

――무엇보다, 인간은 강하지 않으면 금방 죽으니까.

약한 인간은 무슨 짓을 당해도 불평하지 못한다.

자신을 지키고 싶으면 강해지는 수밖에 없다.

그래서 자간은 18세라는 젊은 나이에 강한 힘을 가진 마술사가 될 수 있었다.

……물론 그렇게 고고한 마술사를 자처할 수 있는 것도 여기까지였지만.

◇

큐아노에이데스는 운하 도시다.

대륙의 네 방향으로 갈라지는 이 운하에 배를 띄워 물류 거점으로서 번영을 이룬 도시다. 그리고 상품뿐만 아니라 다양한 인종이 모이기도 했다.

인간 외에도 동물 같은 송곳니와 모피를 가진 수인족(獸人族). 등에 날개가 달린 익인족(翼人族). 작은 키에 투박하게 생겼지만 섬세한 장식을 잘 만드는 재주를 가진 소인족 등이 있다.

제각기 고유의 문장을 높이 매단 아름다운 범선이 떠 있고, 운하에서 불어오는 바람으로도 씻어낼 수 없는 떠들썩한 소음과 흙냄새. 이 나라에서도 가장 화려한 도시 중 하나일 것이다. 하루 유동 인구가 백만 명 이상 된다는 말까지 있을 정도였다.

그렇게 화려한 도시에 개목걸이를 하고 사슬에 묶인 사람이 여러 명 있었다.

노예다.

인간이 있는가 하면, 인간이 아닌 다른 종족도 있었다. 노예를 거느린 주인도 꼭 인간만 있는 것은 아니었다. 성인 인간 남성을 지팡이로 때리고 있는 소인족도 있었고, 아름다운 익인족 여자를 거느리고 있는 인간도 있었다. 땅바닥에 놓인 접시에 입을 대고 개처럼 우유를 마시는 수인족도 있었다.

그들 중 일부도 분명 '상품'으로 경매에 나오게 될 것이다.

노예와 그렇지 않은 인간을 나누는 것은 돈과 힘을 가지고 있는지 아닌지, 그리고 운이 좋은지 아닌지 정도의 차이에 불과하다.

자간은 그렇게 되고 싶지 않았기 때문에 필사적으로 힘을 추구해왔다.

그런데, 자간은 그렇게 중얼거렸다.

"영 뒤숭숭하군."

마을 분위기 말이었다.

큐아노에이데스에 처음 온 건 아니지만, 교회 기사들이 여기저기 순찰하고 다니는 걸 보는 건 처음이었다. 마을 사람들에게서도 무언가를 두려워하는 것 같기도 하고 분노하는 것 같기도 한, 평소와 다른 분위기가 느껴졌다.

발바로스가 유쾌하게 웃었다.

"어떤 멍청한 놈이 젊은 여자들을 모아서 마술 실험을 하려고 했다던데?"

"산 제물인가? 굳이 위험한 길을 골라서 가는 놈이군."

산 제물을 사용하면 개인의 힘으로는 발동시키지 못하는 마술도 다룰 수 있다. 마술의 촉매로도 많이 쓰이기 때문에 그것 자체는 그리 드문 일이 아니다.

단, 그런 산 제물을 사용하려면 노예를 사거나 신원을 알 수 없는 부랑아를 납치해서 최소한 꼬리를 잡힐 만한 흔적을 남기지 않도록 주의해야 한다.

굳이 교회에 찍힐 위험을 무릅쓰면서까지 일반인 소녀를 납치하는 게 이해가 되지 않았다. 이건 교회에 싸움을 거는 것이나 마찬가지다.

발바로스는 어깨를 으쓱였다.

"글쎄, 태어난 날까지 한정하기 시작하면 그런 여자를 납치하게 되는 것 아니겠냐?"

"마족이라도 소환할 작정인가?"

옛날이야기 속에나 나오는 뿔과 날개를 가진 괴물의 이름이다. 그것이 실존하는지는 확실하지 않지만, 이 세계에 신이나 악마에 해당되는 '무엇인가'가 존재한 흔적은 있었다.

그런 존재를 소환하려면 방금 발바로스가 말한 의식도 필요할 것이다. 하지만 자간은 뜬구름 같은 이야기라고 생각했다.

어처구니가 없다는 표정을 짓고 있자 발바로스가 자못 유쾌하다는 듯 웃었다.

"그러고 보니, 자간. 네가 그 범인들 중 한 명이라고 의심하고 있나봐."

"멍청하긴. 산 제물이 없으면 사용하지도 못하는 마술이 여차할 때 도움이 될 거라고 생각하나?"

"으하하, 맞는 말이야. 애당초 너랑 함께 행동할 동료가 어디에 있겠어."

그 말을 들으니 자기도 모르게 어깨가 축 처지려는 자간.

――그래, 동료 따윈 필요 없어.

고독엔 익숙하다. 익숙했다.

그런 이야기를 나누고 있긴 했지만, 마술사들의 목적은 관광이 아니다.

발바로스가 안내한 곳은 마을의 지하였다.

이 지하에는 오래된 유적――아마 투기장일 것이다――이 남아 있는데, 그곳을 개조해서 시장으로 만들어 밖에서는 판매할 수 없는 상품을 취급하고 있었다.

경매장은 투기장의 본체 부분이었다. 원형 무대를 스테이지로 삼고 그 주위를 에워싸듯이 객석이 늘어서 있었다. 경매는 이미 시작되었는지 여기저기서 숫자를 외치는 소리가 들렸다.

불빛이 비추고 있는 곳은 스테이지 뿐, 객석에는 촛불 하나 놓여 있지 않았다. 불친절해서 그런 게 아니라 손님들이 서로의 얼굴을 보지 못하도록 배려해준 것이었다.

……그래 봤자 마술사에게는 별로 의미 없는 짓이지만.

자신들의 자리를 확보한 발바로스가 휘파람을 불었다.

"저기 좀 봐, 자간. 〈흑인(黑刃)〉 키메리에스에 저쪽에는 〈요부〉 고메리. 그리고 〈망령〉 발레포르도 있어."

마술사라면 불을 켜지 않아도 어둠 속을 볼 수 있는 마술 정도는 당연히 사용할 수 있다.

발바로스가 가리킨 곳을 보니 아니나 다를까, 예사롭지 않은 분위기를 풍기는 사람이 몇 명 보였다.

자간은 안면이 없었지만 모두 유명한 마술사들이다. 인간이 대부분을 차지하고 있지만 그중에는 다른 종족도 드문드문 섞여 있었다. 방금 이름이 거론된 〈흑인〉 키메리에스는 힘찬 갈기를 가진 수인족이다. 〈망령〉 발레포르는 가면과 후드가 달린 로브로 전신을 감추고 있어서 어떤 종족인지 알 수 없었다.

흑인 같은 수식어는 마술사의 통칭이다. 칭호라고도 할 수 있으리라. 일정 이상의 힘을 가진 마술사에게 주어지는 것이다.

유명한 것으로는 〈마왕〉 마르코시어스의 〈최장로(最長老)〉를 들 수 있다. 발바로스는 〈연옥〉이라는 이름으로도 불리고 있었다.

자간도 제법 알려진 마술사이긴 하지만 통칭은 아직 주어지지 않았다.

18세라는 아직 어린 나이 때문이기도 하지만, 이 일대를 이끌던 〈마왕〉 마르코시어스가 타계한 것이 컸다. 통칭을 붙여주는 것이 〈마왕〉의 일 중 하나였는데, 자간에게 통칭을 주기도 전에 서거했기 때문이다.

요컨대 통칭이란 힘의 증거이기도 하다.

생판 남이긴 해도 통칭을 가진 마술사라면 조금 흥미가 생겼다.

"강하냐?"

"강하지. 너나 나처럼 다음 〈마왕〉 후보로 거론되고 있는 사람들이거든."

마르코시어스가 붕어하면서 현재 〈마왕〉 자리에도 공석이 하나 생겼다.

나머지 〈마왕〉들이 그 자리를 어떻게 메울지 협의 중이라고 하는데, 아마 강력한 마술사 중 한 명을 추천할 것이다.

"허, 저런 치들까지 온 걸 보면 유산 이야기가 진짜인가 보네."

"그러기를 바라야지."

진짜가 아니라면 잠도 못자고 여기까지 온 의미가 없다.

그러는 동안에도 경매는 계속 진행되었다.

「신사, 숙녀 여러분. 다음은 드디어 오늘의 마지막이자 최대의 상품입니다!」

사회자의 목소리에 발바로스가 몸을 앞으로 내밀었다.

"어이, 이제 나온다, 자간."

"그래."

〈마왕〉의 유산이라는 게 진짜 있는지는 모르지만 이번 경매의 최고 관심 상품이 무대 위로 올라오려는 참이었다.

마침내 무대로 올라온 것은 머리에 후드를 뒤집어쓴 작은 인간이었다. 발치까지 망토로 가려져 있어서 어떤 인종인지도 모르겠다. 소인족만큼 작진 않지만 다른 종족이라면 어린애 정도이리라.

문제의 유산은 후드를 쓴 인간이 들고 있는 건가?

경매장 안에 있는 사람들이 주목을 하자 사회자가 설명을 시작했다.

「이건 원래 〈마왕〉 마르코시어스님께 납품될 예정이었던 상품입니다. 하지만 상품이 도착하기도 전에 마르코시어스님은 서거하셨고 공중에 떠버린 상품을 저희가 인수하게 되었습니다.」

그 말을 들은 발바로스는 얼굴을 찌푸렸다.

"뭐야, 유산이 아니야?"

"〈마왕〉의 촉매 중 하나라는 거겠지."

마술을 행사하는 방법에는, 마법진을 그려서 주문을 외는 것만이 아니라 도구를 이용하는 것도 있다. 마법진을 그리기 위한 잉크부터 마술사가 몸에 지니는 장식품, 그 외에도 마술의 힘을 높이기 위한 산 제물 등이 바로 그것이다.

그런 도구를 촉매라고 부르는데, 이 촉매의 좋고 나쁨에 따라 힘의 차이가 나타나기도 한다.

유산이 아닌 건 유감스럽지만 〈마왕〉이 선택한 촉매라고 하니 구미가 당기지 않을 수 없었다.

그리고 사회자는 후드를 쓴 사람의 망토를 벗겼다.

망토 속에서 나타난 사람은 뾰족하고 긴 귀를 가진 가냘픈 소녀였다.

한눈에 보고 알았다.

인간의 발길을 허락하지 않는 북쪽 성지에만 산다고 하는 전설의 종족——엘프다.

허리까지 덮은 새하얀 머리. 그리고 그 머리를 장식하고 있는 진홍색 리본. 작은 얼굴에 자리 잡은 커다란 눈동자는 여름 하늘을 연상시키는 감청색이고 자그마한 입술은 연분홍색이었다. 순백의 드레스가 가냘픈 팔다리를 감싸고 있는 모습은 어느 나라의 공주님이라고 해도 믿을 정도였다.

하지만 팔다리에는 사슬이, 목에는 마력을 봉하는 목걸이가 채워져 있었다.

그 소녀의 눈을 본 순간, 자간의 가슴이 뛰었다. 머리끝부터 발끝까지 무언가가 내달리는 듯한 느낌.

어둡고 공허한 눈동자.

아무것도 비추지 않고, 아무것도 생각하지 않고, 미래의 모든 것을 포기한 사람의 눈이다.

그런데도 그 눈동자에서 눈을 뗄 수 없었다.

「북쪽 성지에서 포획한 전설의 종족, 엘프입니다! 게다가 보시다시피 백발입니다. 염색한 게 아니에요. 천연 백발 엘프입니다!」

엘프는 인간이라기보다는 신이나 정령의 일종으로 여겨진다.

그리고 종족에 관계없이 하얀 머리를 가진 개체는 변이종이라서 높은 마력을 가진 경우가 많다.

백발의 엘프라니, 산 제물로 사용하면 마왕에 가까운 힘을 얻을 수 있을 것이다.

사회자는 엘프 소녀의 뒤로 가더니 손가락으로 머리카락을 슬쩍 들어 올렸다.

「게다가 암컷으로서도 최상의 물건이라 마술에 이용하는 제물뿐만 아니라 애완 노예로서의 가치도 상당히 높습니다. 그야말로 물든 빨든 손님의 자유!」

사회자는 소리 높여 선언했다.

「그럼 1만부터 시작하겠습니다——.」

"100만."

정신을 차리고 보니 자간은 그렇게 선언하고 있었다.

——이 두근거리는 가슴은 뭐지?

사랑스럽다——그렇게 표현하면 될까.

저런 곳에 서 있는 엘프 소녀를 구해주고 싶다. 웃는 얼굴을 보고 싶다. 그리고 저 살결을 만져보고 싶다.

일찍이 느껴본 적 없는 충동이 자간을 움직이게 만들었다.

경매장이 쥐 죽은 듯이 조용해졌다.

옆에 있는 발바로스의 표정이 굳었다.

"어, 어이, 자간……?"

“큐리오테스 금화로 100만 닢이다.”

그건 자간의 성에 있는 전 재산이었다.

당황한 사회자는 손수건으로 이마에 난 땀을 닦으며 목소리를 높였다.

「감사합니다! 엄청난 금액이 나왔군요. 100만입니다! 더 부르실 분은 안 계십니까? 안 계시나요?」

마술사는 마술 연구에 몰두하기 위해 재산을 모으는 경향이 강하다.

하지만 아무리 재산을 많이 모았다 해도 100만은 쉽게 내기 힘든 금액이다. 단순히 그만한 돈을 가지고 있는 사람이라면 몇 명 있겠지만, 그 금액을 다 쓰면 연구를 지속할 수 없어지는 액수다.

“어이, 자간, 도대체 무슨 생각이야! 아무리 엘프라도 그렇게 큰 돈을 내놓다니…….”

“줄곧 가지고 싶었던 게 있어. 하지만 그게 뭔지 몰랐지. 드디어 그걸 찾아낸 기분이야.”

자간은 이 느낌을 어떻게 설명하면 좋을지 몰라서 잠꼬대를 하듯이 중얼거렸다.

그렇지만 형형하게 빛나는 눈동자는 옆에서 보기에 무척 사악해 보였다. 욕정에 떠밀린 것이니 당연하다면 당연하겠지만.

발바로스가 겁에 질린 것처럼 눈을 커다랗게 떴다.

“너, 도대체 어떤 마술을 사용하려고……?”

아무래도 뭔가 착각을 하고 있는 것 같았다.

자간은 고개를 흔들었다.

"그런 게 아니야. 어쩌면 다른 마술은 필요 없었던 걸지도 몰라. 잘 표현하지 못하겠지만, 어쨌든 그래."

"마술이 아닌, 차원이 다른 힘을 손에 넣겠다는 거냐……?"

역시 표현이 서툴렀던 모양이다. 발바로스는 전율하고 있었다.

계속 말했다가는 일만 더 꼬일 것 같아서 아니라는 의미를 담아 웃어 보이는 자간. 하지만 자간 역시 당황한 상태였는지 그 웃음은 악마 같은 미소로 변해 있었다.

발바로스가 다리에 힘이 풀린 것처럼 털썩 엉덩방아를 찧었다.

——내가 또 잘못 말했나?

친구에게 하는 변명이 점점 수렁 속으로 빠져드는 가운데, 마침내 낙찰을 알리는 나무망치 소리가 울려 퍼졌다.

"축하드립니다! 백발 엘프는 마술사 자간 님께 낙찰되었습니다!"

이름을 밝힌 적도 없는데 사회자는 자간의 얼굴을 보고 이름을 맞혔다. 그만큼 이 업계에서도 발이 넓은 사람이라는 걸 알 수 있었지만 그런 건 아무래도 상관없었다.

자간은 자리에서 일어나 여전히 바닥에 주저앉아 있는 발바로스를 놔두고 비행 마술을 사용했다.

관객석 위를 날아 무대를 향해 살포시 내려갔다.

그리고 소녀 앞에 섰지만, 그녀는 아래만 본 채 고개를 들려고 하지 않았다.

——어떡하지? 뭐라고 말을 걸면 되지?

기세 좋게 날아온 것까지는 좋았지만 그 다음에 어떻게 할지 하나도 생각해두지 않았다.

어쩔 줄 몰라 하고 있자 사회자가 간사한 목소리로 말을 건넸다.

"자, 어서 받으십시오. 고명한 마술사인 자간 님께 낙찰되다니, 참 운이 좋은 엘프입니다. 참고로 드레스와 마력을 봉인하는 목걸이는 서비스랍니다. 목걸이를 풀면 도망칠 위험이 있으니 아무쪼록 주의해주십시오."

"그래."

사회자가 무슨 말을 하는지 귀에 들어오지도 않았지만 적당히 맞장구를 쳤다.

——하다못해 이쪽을 좀 봐주기라도 하면 좋을 텐데. 그래도 역시 무섭겠지. 그나저나 험한 꼴을 당한 건 아니겠지?

이렇게 아름다운 소녀니 입에 담기조차 두려운 일을 당하는 경우도 있을 것이다. 오늘 아침에 본 소녀처럼 말이다.

불안해진 자간은 소녀의 턱으로 가만히 손을 뻗었다.

비단처럼 매끄러운 피부. 자간이 만지면 상처가 나지 않을지 불안해질 정도였다.

그래도 가능한 한 부드럽게 만지자 소녀의 얼굴이 살짝 위를 향했다.

공허한 눈동자가 자간을 바라본다.

자신도 모르게 한숨이 흘러나왔다. 역시 가련한 소녀다.

하지만 어딘가 초점이 맞지 않았다. 자간이 눈에 보이는지도 의심스러웠다. 아니, 그 이전에 의사(意思) 비슷한 것조차 느껴지지 않았다.

——괘, 괜찮을까? 조종당하고 있는 건 아니겠지?

인간의 의사를 박탈하는 마술은 그리 드물지 않다.

새파랗게 질린 자간을 보고 사회자도 당황해서 물었다.

"자간 님? 혹시 어디 불편하신 데라도 있으신지요?"

"……그게 아니라, 이 녀석, 의식은 있는 거냐?"

움찔거리는 목구멍에서 흘러나온 것은 불안하다기보다는 심기가 불편한 듯한 목소리였다. 자신이 들어도 왜 그렇게 화가 났는지 물어보고 싶을 정도였다.

그렇지만 사회자는 납득한 것처럼 고개를 끄덕였다.

"안심하십시오. 이 엘프는 포획했을 때부터 얌전해서 상처 하나 없이 보관해왔습니다. 게다가 마력이 아주 높은 개체라 웬만한 마술은 효과를 발휘하지 못한답니다. 그러니 신선도는 저희가 보장합니다."

산 제물을 사용할 때, 마술로 구속이나 세뇌를 하면 그것이 **불순물**이 되어 의식(儀式)의 정밀도가 떨어지는 경우가 있다. 사회자는 자간이 그 점을 염려한다고 생각하는 것 같았다.

하지만 귀부인처럼 꾸며진 엘프 소녀는 겉으로 보기에 별다른 상처가 없었다. 비록 노예 취급이어도 이렇게 값비싼 '상품'에 흠집이 생기게 놔둘 만큼 경매 운영 담당은 어리석지 않다. 그 점은 신용해도 괜찮으리라.

그제야 자간도 안도의 한숨을 내쉬었다.

"믿도록 하지. 이 녀석은 고운 목소리로 재잘거려주지 않으면 곤란하거든."

일단 제대로 대화를 나눠보고 싶다……, 라고 말하고 싶었지만 그런 속내와는 다른 말이 튀어나왔다.

사회자가 새파랗게 질려 뒷걸음질 쳤다.

엘프 소녀도 겁에 질렸는지 움찔 떤 것 같았다.

——아, 다행이다. 내 말이 들리긴 하나보군.

그 점에 안심한 자간은 자신이 얼마나 오해하기 쉬운 말을 했는지 깨닫지 못했다.

이게 바로 불과 몇 시간 전까지 '여자 따윈 귀찮아'라고 생각했던 남자가, 태어나서 처음으로 첫눈에 반한 순간이었다.

그리고 지금에 이르렀다.

순조롭게 계산을 마치고 성으로 돌아온 것까지는 좋았다. 하지만 그 다음부터는 뭐라고 말을 걸면 좋을지 몰라 전전긍긍하기를 약 한 시간, 소녀가 처음으로 입에 담은 말은——

——전 어떤 방식으로 죽게……되는 건가요?——

였다.

이런 게 바로 구슬이 굴러가는 것 같은 목소리인가——라며 여운에 잠겨 있을 틈도 없었다.

팔다리에는 더 이상 족쇄가 없었지만 목에는 마력을 봉인하는 목걸이가 여전히 채워져 있었다.

이것도 풀어주고 싶었지만 아무리 자간이라도 그리 간단히 풀 수 있는 게 아니었다. 사회자도 푸는 방법을 모른다고 했고 열쇠 같은 것도 없었다.

아마도 원래 구입자인 〈마왕〉의 유물일 것이다. 이 점에 대해서는 시간을 들여서 알아보는 수밖에 없다.

표정은 평온했지만 소녀는 비장한 목소리로 호소했다.

"어떤 식으로 죽게 될지 알면, 조금이라도 각오를 할 수 있을 것……, 같아서요."

소녀의 무표정은 긴장이 아닌 체념에서 온 것이었다.
자간은 당황해서 외쳤다.
“자, 잠깐, 잠깐! 누가 널 죽인다고 그래? 오히려 네가 살아 있지 않으면 곤란하다고!”
안심시킬 요량으로 한 말이었는데 어째서인지 소녀의 표정은 더 어두워졌다.
“즉, 죽어서 편해질 생각은 하지 마라……, 라는 뜻인가요?”
그렇게 생각하고 있기 때문인지, 소녀가 창백한 얼굴로 올려다보는 것은 천장에 매달린 사슬과 거기에 걸려 있는 백골이었다.
뺨을 따라 식은땀이 흘렀다.
──아니야. 마술을 사용해서 치우는 게 귀찮았기 때문에 그냥 놔둔 것뿐이라고!
원래 이 성은 다른 마술사가 살던 곳이었다.
소녀의 낙찰에 사용한 재산도 그 마술사가 남긴 것이라, 엄밀히 따지면 자간이 모은 돈이 아니다.
하지만 예전 소유주는 좋은 의미로든 나쁜 의미로든 전형적인 마술사라서 성안에는 고문 기구와 마술 도구, 백골 사체 등이 굴러다녔다. 천장에 매달려 있는 뼈도 자간의 취향이 아니지만, 이 상황에서 아니라고 말해봤자 설득력은 없을 것이다.
자간은 당황했지만 평정을 가장한 채 말했다.
“안심해. 저렇게 흉흉한 물건을 네게 사용할 생각은 없으니까. 다치게 할 생각도 없다. 네가 두려워 할 일은, 절대 하지 않아.”
그다지 다정하게 말해주지는 못했지만 꼭 전해야 할 말은 그럭

저럭 했다고 생각한다. ……그 말에 설득력이 있는지는 다른 이야기지만.

아니나 다를까, 소녀는 의아한 듯 고개를 갸웃거렸다.

"……? 그럼 왜 저를 구입하신……거죠?"

"윽, 그건……."

당연히 품을 수 있는 의문이다.

하지만 자간의 성격상 첫눈에 반했다는 말은 절대 할 수 없었다.

——이럴 때는 어떻게 하면 되는지 발바로스에게 물어봤어야 했는데…….

그 후, 경매장에 두고 와버렸는데 그는 왜 따라오지 않은 걸까.

그도 여자 경험이 풍부해 보이지는 않지만 '여자를 고른다'는 말이 자연스럽게 나올 정도다. 적어도 자간보다는 여자를 대하는 법을 잘 알고 있을 텐데.

궁지에 몰린 듯 말을 더듬던 자간의 입을 뚫고 나온 것은 이런 말이었다.

"네가 알 필요 없다."

——이 멍청아, 무슨 말을 하는 거냐!

마음속으로 절규했다.

단, 의외로 소녀의 표정에는 별다른 변화가 없었다. 기분 탓인지 낙담한 것처럼 보이기도 하지만 그게 전부다.

——이 냉정함, 조금 이상하지 않나?

표정에 잘 드러나지 않아서 그럴 수도 있지만, 그 이전에 소녀는 모든 것을 포기한 것처럼 보였다.

포획된 후에 육체적으로는 아무 일도 당하지 않았다고 했는데, 도대체 무슨 일이 있었던 걸까…….

"너……."

말을 하려다가 그녀의 이름조차 모른다는 사실을 깨달았다.

——저쪽도 나에 대해 아무것도 모르겠지.

이제야 대화의 실마리를 찾은 것 같은 느낌이 들었다.

"내 이름은 자간이다. 보다시피 마술사지만 고문에는 딱히 흥미가 없다."

"네."

"그래서 말인데, 넌……."

고작 이름 하나 물어보는 건데도 다음 말이 나오지 않았다.

——이렇게 한심할 데가……! 그냥 이름만 물어보는 건데 여자라는 사실을 의식하면 왜 이렇게 긴장되는 거지?!

자간은 이미 마술사로서 상당한 힘을 가지고 있다.

그런데도 말 한마디 하는 데에 승산이 없는 사지로 향하는 것과 같은 용기가 필요했다.

용기——자신과는 인연이 없는 말인 줄만 알았다.

하지만 여기서 분발하지 않으면 한 걸음도 앞으로 나아가지 못한다.

"넌——."

입을 열려는데 소녀가 '아' 하고 외쳤다.

"늦게 말씀드려서 죄송합니다. 전 네페리아라고 합니다."

가슴속에 시원한 바람이 부는 듯한 느낌이었다.

아무래도 자간이 무슨 말을 하려는지 눈치챈 모양이다. 똑똑하고 매력적인 소녀라는 생각이 들었다.

"네페리아……라."

여러 번 반복해서 음미하고 싶어지는 울림이다.

신화에 '하늘에서 떨어진 자'라는 뜻을 가진 네피림이라는 말이 나온다. 그 단어의 여성형일까. 신비롭고 근사한 이름이었다.

——외모처럼 아름다운 이름이구나.

이름만 알았을 뿐인데도 하늘로 날아오를 것 같은 기분이었다.

연애가 사람을 파멸시킨다는 말이 무엇을 뜻하는지 뼈저리게 깨달았다.

늘 들뜬 상태라고 표현하면 될까. 이렇게 이상한 정신 상태인 채로 있으면 아무리 뛰어난 인간이라도 파멸하고 말 것이다.

——그런데 네페리아라는 게 이름일까 성일까.

자간은 헤벌쭉 풀어지려는 얼굴 표정을 다잡고 물었다.

"네페리아……. 그리고 나머지 이름은?"

"그냥 네페리아입니다. 성은 없어요. 부르시기 힘들면 그냥 네피라고 하셔도 됩니다."

"그래도 돼?!"

"네?"

네페리아라는 이름도 예쁘지만 네피라는 애칭도 귀엽다.

저도 모르게 큰 소리를 내자 소녀——네피가 고개를 갸웃했다.

——그나저나 성이 없는 건 나랑 똑같군…….

철이 들었을 때는 쓰레기 처리장에서 강도짓을 하고 있었다.

성은커녕 부모의 얼굴도 모른다. 자간이라는 이름도 변두리 지역에서 쓰이는 속어로 악마처럼 꺼리고 피해야 할 자라는 뜻으로 붙여진 것이다.

——돌이켜보면 그 시절이 제일 즐거웠어. 함께 강도짓을 하던 동료나 마을 사람들도 얼굴을 보면 말을 걸어주었고. 물론 흠씬 두들겨 맞는 일도 많았지만 제법 충실한 나날이었지.

하는 일이야 당연히 나쁜 일이었지만, 아직은 해가 비치는 곳에 있을 수 있었다. 여자와도 자연스럽게 이야기할 수 있었다. 자간의 인생에서 양지의 기억이라면 그 시절뿐이다.

그러다가 네피가 어리둥절해하고 있는 걸 깨달은 자간은 머리를 흔들었다.

"저기, 엘프들에겐, 일반적인 건가? 성이 없는 게."

"아뇨. 전 저주받은 아이였기 때문에 그런 거예요."

"저주 받은 아이……?"

그냥 흘려들을 수 없는 단어가 나오자 자간은 눈썹을 찌푸렸다.

네피는 말실수를 한 것처럼 입을 가렸다.

"저……. 왜 그런 질문을 하시는 거죠?"

"아니, 그냥 좀 신경 쓰여서……."

이름과 저주 받은 아이라 불린 이유뿐만이 아니라 네피에 관한 것이라면 뭐든 알고 싶은 자간은 말을 머뭇거렸다.

네피는 이번에도 무슨 뜻인지 알겠다는 듯 고개를 끄덕이더니 갑자기 스커트 앞자락을 들어 올렸다.

새하얀 허벅지가 드러나고 섬세한 레이스로 된 속옷까지 살짝 보였다.

"안심하세요. 전 처녀랍니다."

얼굴이 새빨개지는 게 느껴졌다.

"네, 네가 무슨 말을 하고 있는지 알고 있는 거냐?"

"……? 마력은 처녀가 더 높다고들 하잖아요. 실험 재료로서 가치가 떨어진 건 아닌지 물으시려던 게 아니신가요?"

"착각하지 마라. 난 널 실험에 사용할 생각도 없고 고문할 생각도 없다."

네피는 점점 더 무슨 뜻인지 모르겠다는 표정을 지었다.

"그럼 왜 저를 사신 건가요?"

"……."

자간은 미간을 누르며 아무 말도 하지 않았다.

"그건 네가 알 필요 없는 일이다."

그리고 또 같은 말을 반복했다.

도저히 대답할 수 없다.

불법 경매장에서 첫눈에 반하는 바람에 있는 돈을 다 털어서 사다니, 누가 들어도 그냥 변태에 지나지 않는다. 네피가 그런 눈으로 쳐다보면 자간은 회복 불가능한 상처를 받게 될 것이다. 아무리 마술사가 불로장수를 한다지만 쇼크사할 가능성도 있다.

——그렇지만 아무 대답도 않고 있으면 네피도 불안하겠지.

도대체 어떻게 하면 되지?

오늘은 일단 돌아가게 해야 하나…….

——아니, 애당초 돌아갈 곳이 있긴 한가?

방금 들은 '저주 받은 아이'라는 불온한 단어도 그렇고, 그 부분에 대한 질문은 듣고 싶지 않을 것 같았다. 자간 또한 돌아갈 곳이 없는 신세인데, 성이 없는 걸 봐도 비슷한 느낌이다.

물론 고향으로 돌아가고 싶다면 힘이 되어주고 싶지만 선뜻 물어볼 수 있는 분위기는 아니었다.

그렇다면 일단 자간이 돈을 주고 그녀를 산 셈이니 당분간은 여기서 함께 살아야 하는데…….

——가, 같이 산다고?

아직 제대로 말도 못하는 자신이 이렇게 귀여운 소녀와 한 지붕 아래서 단둘이 산다고?

살짝 현기증이 났다.

도대체 무슨 말도 안 되는 짓을 저지른 거지?

그야 물론 기쁘긴 하지만 왠지 해선 안 되는 일을 하고 있는 것 같은 기분이 들었다.

——진정해. 난 마술사다. 힘 있는 마술사는 당황하지 않아.

동침을 하는 게 아니다. 우선 같이 성생활……, 아니, 생활을 한다면 뭐가 필요할지 생각해보자.

자간은 옥좌에서 일어나 네피 앞에 섰다.

"네피."

"네."

얼굴을 보고 이름을 부르자 기묘한 쑥스러움이 치밀어 올랐다.

그래도 자간은 기죽지 않고 말했다.

"네피, 넌 내가 산 내 것이다."

"네."

"그러니 우선 너에게 방을 하나 주마. 마음에 드는 방을 고르면 된다."

"즉, 죽을 곳을 고르라는 뜻인가요?"

"방금 죽이지 않는다고 했잖아!"

참다못해 탄식하자 네피는 곤혹스러운 듯 고개를 숙였다.

"제가 그래야 하는 의미를, 잘 모르겠어요. 어떤 식으로 쓰이든 결국 전 죽는 것 아닌가요?"

인간에게 잡힌 후로 줄곧 그런 말을 들어온 게 분명했다. 희망을 믿고 싶지 않아질 만큼.

사실 자간에게도 비슷한 기억이 있었다.

쓰레기 처리장 같은 빈민가에서 남은 음식을 뒤지며 강도짓을 하던 시절의 일이다.

——그때 난 무슨 말을 듣고 싶었더라…….

당시에도 대답 같은 건 몰랐다.

그래도 자간은 네피의 머리로 가만히 손을 뻗었다.

손바닥에 새하얀 머리카락이 닿았다. 네피가 몸을 움찔 떠는 것이 느껴졌다.

그대로 손에 힘을 주지 않도록 애쓰며 자간은 이렇게 말했다.

"난 네가 필요해서 샀다. 그러니 자꾸 죽는다, 죽는다 하지 마."

네피는 눈을 커다랗게 뜨고 자간을 올려다보았다.

놀라고 있다.

그녀를 만난 후로 이렇게 표정다운 표정은 처음 봤다.

"필, 요……. 제가……요?"

왠지 쑥스러웠지만 이런 건 확실히 말해둬야 한다고 생각했다.

"그래, 네가 필요해. 그러니까 일단은 날 위해 살아."

"……네."

네피의 표정은 여전히 아무 변화도 없었지만 자간의 말을 의심하는 기색은 보이지 않았다.

이 정도로 자간의 모든 것을 믿어주지는 않으리라. 그래도 소녀는 자신이 죽는다는 말은 하지 않게 되었다.

이것이 두 사람의 긴 공동생활의 시작이었다.

◇

"그럼, 네가 사용할 방 말인데……."

어디가 좋을까.

네피는 노예로 잡혔다. 분명 힘든 일을 많이 겪어왔을 것이다. 지하처럼 어두운 곳보다는 경치 좋은 방이 괜찮을 것 같다.

그러고 보니 성의 제일 꼭대기층은 첨탑으로 되어 있다. 경치라면 거기가 제일 좋을 듯하다.

그곳으로 안내하려다가 문득 깨달았다.

"네피, 높은 곳도 괜찮나?"

자신이 생각해도 이번에는 꽤 자연스럽게 물은 것 같다.

네피는 별다른 표정 없이 고개를 끄덕였다.

"네. 손이든 목이든 원하시는 대로 매달아 두셔도 돼요."

"누가 널 고문한대?"

"죄송, 합니다. 높은 곳이라고 하시니까 달리 떠오르는 게 없어서요."

어리둥절해하는 네피의 모습을 본 자간은 머리를 싸맸다.

——살려는 희망을 좀 가지란 말이야…….

이렇게 되면 높은 곳에 있는 방은 안 될 것 같다. 설마 그런 일은 없겠지만, 네피가 투신할지도 모른다는 생각이 머리를 스쳤다.

그래도 일단은 나선형 계단을 올라 꼭대기층으로 향했다.

밖은 해가 저물고 있었다.

손가락을 딱 튕기자 벽에 줄지어 있는 양초에 일제히 불이 들어왔다.

"이쪽이다."

"네——앗."

자간이 다시 계단을 올라가기 시작하자 네피가 작게 비명을 지르며 비틀거렸다.

흔들리는 촛불은 등불치고는 영 미덥지 않긴 하다. 발치는 어두웠고 네피는 뒤꿈치가 뾰족해서 걷기 힘들어 보이는 신발을 신고 있었다.
자간은 재빨리 네피의 손을 잡았다.
"죄송, 합니다……."
소녀의 얼굴은 코와 코가 맞닿을 만큼 가까운 곳에 있었다.
달콤한 향기가 살짝 코를 간질인다.
하얀 속눈썹에 둘러싸인 감청색 눈동자를 똑바로 들여다봤다.
무심코 넋을 잃고 멍하게 쳐다보는 것과 동시에 강렬한 부끄러움이 치밀어 올랐다.
괜히 멋쩍어진 자간은 크흠 헛기침을 했다.
"조, 조심해라. 발밑을 잘 살피도록 해."
"네……."
말투가 좀 딱딱했을까. 네피는 왠지 풀이 죽은 것처럼 보였다.
그대로 나선계단을 올라가려는데 손안에 부드러운 감촉이 느껴졌다.

——어라? 내가 혹시 네피의 손을 잡고 있는 건가?

방금 부축해줬을 때 손을 잡은 뒤, 그대로 아무 생각도 없이 이끌고 있었다.
아마도 처음은 아니겠지만, 여자와 손을 잡은 기억을 떠올리는 것도 어려웠다. ……역시 처음인지도 모르겠다.
새하얀 손은 가냘프고 부드러우며 따뜻했다.
손바닥 너머로 심장 고동이 느껴진다. 어쩌면 자신의 고동인지도 모른다.

네피는 뜻밖이라는 듯 그 손을 보면서 아무 말 없이 따라왔다.

말로 표현할 수 없는 부끄러움이 치밀어 올랐지만 이 손을 놓는 것도 싫었다.

걸음을 서둘렀다가 늦췄다가 하면서, 자간은 꼭대기층을 향해 올라갔다.

세 층 정도 올라가자 꼭대기층의 문이 보이기 시작했다.

이 방을 네피에게 주면 오르락내리락 하는 게 제법 힘들 것 같아 고민이었지만 일단 문을 잡았다.

“평소에는 사용하지 않는 방이다. 조금 더러울지도 모르지만…….”

그렇게 말하고 나자 ‘애당초 이런 곳에 들어와본 적이 있던가?’라는 근본적인 의문이 뇌리를 스쳤다.

이곳에 산 지 10년이나 되었지만 평소에는 서고에 처박혀 있어서 성안의 모든 것을 파악하고 있다고 말하긴 어려웠다.

그리고 그 의문을 제대로 확인했어야 했다고 후회했다.

시원한 바람이 불어오는 그 방에는 길로틴의 칼날이 소리를 내며 흔들리고 있었다.

그 외에도 오랫동안 방치해둔 것으로 보이는 백골 사체와 정체를 알 수 없는 물건이 가득 든 병이 굴러다녔다. 희미한 촛불 불빛까지 더해져 그야말로 으스스한 분위기를 풍기는 곳이었다.

"여긴 관두지."

재빨리 문을 닫았지만 조금 늦었다.

인간은 희망이 주어졌을 때 더 절망하는 법이다.

필요하다는 말을 듣자마자 고문 도구와 맞닥뜨린 네피의 눈에서 의지의 빛이 사라졌다.

소녀는 모든 것을 포기하듯 두 팔을 벌렸다.

"자, 주인님 뜻대로 하세요."

"그런 게 아니다. 이건, 그거다. ……그래! 상공에서 침입해오는 적을 막기 위한 함정이다."

자신이 생각해도 궁색한 변명이었다.

"하지만, 그래. 이젠 쓸 일도 없는 데다 이런 게 있어봤자 걸리적거리기만 하겠지. 처분하마."

그렇게 말하고 길로틴 칼날이 흔들리는 실내로 번개 마술을 집어던진 다음 다시 문을 닫았다.

곧이어 폭발음이 났다.

문틈으로 충격이 새어나와 네피의 새하얀 머리카락이 사르륵 나부꼈다. 자신도 모르게 그 모습을 멍하게 바라보고 있는데 방 안을 향해 문이 쿵 쓰러졌다.

아무래도 경첩까지 부서진 모양이다.

조금 전까지 방안에 있었던 무시무시한 물건도 깨끗하게 사라지고 없었다.

……뭐, 천장까지 검게 그을려서 방으로 제대로 기능할 수 있을지 의문이긴 했지만. 양초까지 날아가고 없었다.

뺨을 따라 식은땀이 주르륵 흘러내렸다.

——그, 그래도 공포의 원인은 제거되었으니까.

쭈뼛거리며 네피를 돌아보자 기분 탓인지 그녀는 새파랗게 질린 얼굴이었다.

떨리는 입술이 열렸다.

"이렇게 파괴적인 마술은, 처음 봤어요……."

——하긴 느닷없이 공격 마술을 휘두르면 무서워할 만도 하지!

게다가 평범한 마술사라면 아무리 적게 잡아도 세 번은 잿더미가 됐을 위력이다. 이 광경을 보고 동요하지 않는 일반인은 없을 것이다.

——아니야. 지금까지 제대로 대화를 나눈 사람이라고 해봤자 발바로스 정도밖에 없다보니 그만…….

평소 마술사들끼리 하던 대로 하고 말았다.

하는 수 없이 자간은 방을 등지고 돌아섰다.

"……음. 여긴 별로군. 너무 살풍경해."

"이런 걸, 살풍경하다고 하나요?"

작은 새처럼 고개를 갸웃거리는 소녀에게 자간은 아무 대꾸도 하지 못했다.

네피는 방안으로 발을 내딛었다.

걸을 때마다 재가 나풀나풀 날아올랐다. 창문에도 유리가 없어서 방이라기보다는 마치 새장 같다. 여자가 발을 들여놓을 만한 곳은 절대 아니다.

그래도 네피는 신경 쓰는 기색 하나 없이 안으로 들어가 테라스로 나가보았다.

——이거, 추락 방지 결계라도 쳐둬야 하나.

네피가 여기서 몸을 던질 일은 없다고 믿고 싶었지만, 방금 자간이 마술을 퍼부었다. 최악의 경우, 이곳이 무너질 수도 있다.

만일의 경우에 대비하며 자간도 네피 옆에 가서 섰다.

테라스에도 벽돌로 된 난간이 있지만 여기에도 금이 가 있어서 언제 무너져도 이상하지 않은 상태다.

네피는 그런 난간 위에 손을 올린 채 하늘을 올려다보았다.

밤이 되면서 구름도 조금 걷힌 것 같다. 실처럼 가는 외로운 달이 떠 있었다.

네피가 하늘을 향해 두 손을 뻗었다.

별것 아닌 행동인데도 무슨 신성한 의식이라도 보고 있는 것 같은 느낌에 사로잡혔다

"달을, 좋아하나?"

"……잘 모르겠어요."

자간의 질문에 네피는 곤혹스러운 듯 고개를 가로저었다.

"그럼 그 행동에는 무슨 의미가 있는 거지?"

"……모르겠어요."

이번에는 모르겠다는 말만 반복하게 되었다.

하지만 달을 바라보는 네피의 눈동자에는 향수(鄕愁)를 닮은 애절함이 어른거렸다.

자신도 모르게 자간도 그녀를 따라 손을 뻗었다.

"아무것도 잡히지 않는데."

"……그렇죠."

네피가 진지하게 대답하자 창피함으로 죽고 싶어졌다.

어째서 이럴 때 센스 있는 말 한마디 떠오르지 않는 걸까.

네피의 말이 이어졌다.

"이 방을, 제가 사용해도, 될까요?"

네피가 먼저 그런 말을 한 것은 처음이었다.

하지만 자간은 머뭇거리며 방안을 돌아봤다.

무시무시한 물건들은 다 사라졌지만 그 대신 유리창도 사라지고 말았다. 사람이 생활할 만한 공간은 아니었다.

——마술로 수복하면 길로틴까지 수복된단 말이지.

인력으로 청소와 보강을 하는 수밖에 없다.

"좀 더 제대로 된 방이……."

거기까지 말했다가 어떤 방이든 여기와 매한가지라는 생각이 떠올랐다.

고문 기구가 없더라도 으스스한 마술 도구는 여기저기에서 굴러다니고 있을 것이다. 결국 여자가 사용하기에 괜찮은 방은 없으리라.

자간은 고민하다가 다시 입을 열었다.

"이런 곳도 괜찮겠나?"

"네. 주인님이 마련해주신 방인걸요."

공격 마술을 퍼부어서 전부 재로 만든 것뿐이다. 이런 걸 두고 마련해줬다고 표현하지는 않을 텐데…….

그렇다고 다른 방은 괜찮냐고 하면 그건 또 아니었기 때문에 결국 자간은 고개를 끄덕였다.

"그래. 그럼 여기를 마음대로 사용하도록 해라."

그만 거들먹거리는 말투로 말하고 말았지만 네피는 고개를 꾸벅 숙이고 이렇게 말했다.

"감사합니다, 주인님."

그 한마디가 가슴에 스며들었다.

네피가 고개를 갸웃거렸다.

"왜 그러시죠?"

"……아니, 그런 말을 듣는 것도 꽤 오랜만이라는 생각이 들어서 그만."

가끔 길을 잃고 성으로 들어온 사람을 죽이지 않고 돌려보낸 적은 있지만 자간 역시 인상이 좋은 사람은 아니다.

대부분의 경우 꼬리가 빠지게 도망가기만 할 뿐, 제대로 된 인사를 들은 적은 없었다.

하지만 네피는 그 말을 듣고도 이상하다고 생각하지 않고 납득한 것처럼 고개를 끄덕였다.

"저도 꽤 오랜만에 말한 것 같아요."

"그래……."

언젠가 자신도 누군가에게 '고맙다'는 말을 하는 날이 올까.

마음을 터놓은 것과는 아직 거리가 멀지만 이렇게 자신에게 말을 건네게 된 것만으로도 솔직히 기뻤다.

그렇게 첫째 날이 저물어갔다.

◇

다음 날.

네피에게 꼭대기층에 있는 방을 주긴 했지만 아직은 잠을 잘 수 있는 상태가 아니라 그날은 둘이서 옥좌가 있는 방에서 잠들었다.

――물론 자신은 한숨도 못 잤지만.

전날도 제대로 못 잤다. 그래서 금방 잠들 줄 알았는데 옆에 네피가 있다고 생각하니까 눈만 더 말똥말똥해졌다. 그렇지만 실제로는 뭔가 저지를 배짱도 없었고, 잘못했다가 미움만 받게 되면 어쩌나 생각하니 아무것도 할 수 없었다.

반면, 네피는 역시 피곤했기 때문일까.

양탄자 위에서 몸을 둥글게 구부리더니 그대로 잠들어버렸다.

하지만 이것도 자간이 잠을 이루지 못한 원인 중 하나였다. 이렇게 무방비한 모습을 하고 있는데 아무 생각도 하지 말라는 게 무리였다.

한밤중에 네피가 추워 보여서 이불 대신 자신의 망토를 덮어줬는데 이 역시 괜한 짓이었다. 이 사랑스러운 소녀가 자신의 망토를 덮고 있다고 생각하자 가슴이 마구 뛰었던 것이다.

그렇게 괴로워하다 보니 어느새 날이 밝았다.

배에서 꼬르륵 하는 소리가 났다.

"……밥이라도 먹을까."

자간은 지하에 있는 창고로 내려가서 보관해둔 말린 고기와 우유 2인분을 들고 나왔다. 네피가 언제 일어날지 모르지만 밥 정도는 금방 먹을 수 있도록 해두자.

옥좌가 있는 방으로 돌아오니 잠에서 깨어난 네피가 똑바로 앉아 그를 기다리고 있었다. 이불 대신 덮어줬던 망토는 깔끔하게 개어져 있다. 왠지 다시 걸치는 게 아까운 풍경이었다.

"일어났나."

"네. 좋은 아침입니다, 주인님."

자신도 모르게 얼굴이 헤벌쭉 풀어지려는 자간.

——인사는 제대로 해주는구나.

자신도 아침 인사를 건네려다가 「어라? '좋은 아침입니다'라고 했을 때 나는 뭐라고 대답하면 되지?」라는 고민에 빠졌다.

똑같이 '좋은 아침'이라고 대답해도 될까? 아니면 '안녕'이라고 해야 하나? 그렇다고 '평안한가?'는 더더욱 아닌 것 같지만.

가만히 생각해보니 이렇게 제대로 된 아침인사를 들어보는 게 몇 년 만인지 모르겠다.

네피는 그렇게 혼자 고민하는 자간을 멍하게 바라보고 있었다.

어흠, 하고 괜히 헛기침을 해봤다.

"식사를 가지고 왔다. 어서 먹어."

말하고 나니 왠지 자신이 싫어졌다.

——인사 하나도 제대로 못해서야…….

어느새 이렇게 한심한 인간이 되어버린 걸까.

……돌이켜보니 처음부터 한심한 인간이었던 것 같다.

네피는 고뇌하는 자간을 의아하게 바라보면서도 말린 고기와 우유가 든 컵을 얌전히 받아 들었다.

"감사합니다, 주인님."

"……그래."

한심한 자신의 모습에 의기소침해 있자 네피가 머뭇거리며 자간을 올려다보았다.

"주인님."

"무슨 일이지?"

"전 무슨 일을 하면 될까요?"

"음, 글쎄……."

하룻밤이 지났는데도 네피에게 무슨 일을 시키면 좋을지 떠오르지 않았다.

――청소라도 시켜야 하나?

그렇지만 어제 방 하나를 잠깐 들여다보기만 했는데도 그 정도였다.

그렇게 더러운 방이 이 성에는 50개 가까이 있고, 심지어 지금까지 청소 따윈 단 한 번도 하지 않았다. 한 사람이 하기엔 너무 버거운 일인 데다, 왠지 이 소녀는 시키면 다 할 때까지 죽어라 매달릴 것만 같았다.

애당초 자간은 외관에 별로 집착하는 사람이 아니었고, 흥미도 없는데 굳이 힘든 일을 시켜야 할 필요가 있을까 싶었다.

그러면 무슨 일을 시키면 좋을까.

――할 일이 아무것도 없는 것도 불안하겠지…….

자신은 산 제물이라느니 실험동물이라느니 하는 말을 세뇌되다시피 들어온 소녀다.

그러니 자신을 산 남자에게 그냥 거기 서있기만 해도 된다는 말을 듣고 '아, 아무것도 하지 않아도 되는구나'라며 기뻐할 리가 없었다.

끙끙거리며 고민해봤지만 이렇다 할 대답을 찾지 못한 채, 자간도 우유가 든 컵을 바닥에 내려놓고 말린 고기를 씹어 먹기 시작했다.

네피가 의외라는 표정을 지었다.

"주인님도 저와 같은 음식을 드시는 건가요?"

"……? 이상한가?"

"아뇨, 그게……."

뭔가 하고 싶은 말이 있는 것 같은 눈치였지만 입 밖으로 꺼내지 못하고 이리저리 시선만 허공을 헤매는 네피.

"말해봐라. 화내지 않을 테니까."

자간은 왜 좀 더 친근하게 말하지 못하냐고 자신을 책망하면서도 간신히 그렇게 말했다.

네피는 표정은 그대로였지만 어떻게 말하면 좋을지 모르겠다는 듯 입을 열었다.

"전 식사를 할 수 있는 것만으로도 감사할 따름이에요. 그렇지만 주인님까지 저와 같은 것을 드시는 것이 너무 이상해서……."

그녀 나름대로 최선을 다해 의문을 표해준 것이다.

자간은 팔짱을 끼고 생각했다.

도대체 뭘 이상하게 여기고 있는 걸까.

눈앞에 있는 것은 더러운 컵에 담긴 우유. 그리고 언제부터 있었는지도 모르는 말린 고기뿐이다.

――응? 그러고 보니 어제 마을에서 이런 걸 먹고 있던 놈들이 있었지.

그래. 큐아노에이데스에서 본 노예들이다.

길거리에서 봤을 때는 꽤 불쌍해 보였는데 가만히 생각해보니 자신이 먹고 있는 것도 그것과 비슷했다.

흠, 하고 자간은 고개를 끄덕이며 입을 열었다.

"혹시 이게 소박한 식사인가?"

"저기, 네……. 저 같은 노예에게 주어지는 부류의 음식이라고 생각합니다."

즉, 식사라기보다는 '먹이'라는 말이다.

하지만 소녀는 화를 내기보다는 순수하게 안타까워했다. 아니, 오히려――

――걱정, 해주는 건가?

아니, 그건 아닐지도 모른다.

고작 이틀 만에 마음을 열었다고 보긴 힘들 것이다.

그보다는 상대가 누구든 그냥 보고 있을 수 없는, 예를 들면 '이 사람, 내가 돌봐주지 않으면 죽는 것 아냐?' 같은 동정심 섞인 반응인 듯했다.

자간은 우물우물 씹고 있던 말라비틀어진 고기를 쳐다봤다.

——아, 그렇구나. 이런 건 식사라고 부르지 않는 수준의 음식이었어.

강도짓을 하던 시절부터 이런 것만 먹고 살았기 때문에 한 번도 이상하게 생각해본 적이 없었다. 식량이라는 건 주린 배만 채울 수 있으면 무엇이든 상관없는 줄로만 알았다.

말린 고기 외에는 딱딱해진 빵 같은 것도 먹었는데, 그런 건 금방 곰팡이가 펴서 먹을 수 없어진다. 그래도 몇 번인가 억지로 먹어본 적은 있지만 그 후에 복통으로 호되게 고생한 기억이 있다.

——어제부터 계속 헛돌고 있는 나를 돌이켜보니, 그 빵맛이 떠오르는군.

첫사랑은 레몬맛이라는 비유를 들어본 적이 있는데, 실제로는 배탈이 날 것 같은 시큼한 맛이었다.

순수하게 맛있다고 느낀 음식이라면 술 정도일까. 발바로스가 헛소리를 하면서 들고 온 술은 정말 맛있었지만, 그때 먹은 안주도 말린 고기였다.

술을 사려고 해도 어떤 걸 사면 좋을지 몰라서 결국 말린 고기나 먹는 생활을 이어오고 있었다.

"보통 사람들은 어떤 걸 먹지……."

자신도 모르게 그런 말을 중얼거리자 네피가 단단히 마음을 먹었다는 듯 입을 열었다.

"저기, 주인님."

"뭐지?"

네피는 작게 심호흡을 하고 나서 이렇게 말했다.

"주제넘은 말일지도 모르지만, 제가 뭔가 좀 만들어볼까요?"

자간은 벌떡 일어났다.
그리고 움찔거리며 뒤로 물러나는 네피의 손을 꽉 잡았다.
"요리를 할 수 있다고?"
"어깨 너머로 보고 배운 것이라 맛은 장담할 수 없지만……."
이 얼마나 유능한가.
――손수 만든 요리――
그것도 좋아하는 소녀가 만들어주겠다고 한다.
자간의 머릿속엔 없던 선택지였다.
――그러고 보니 인간의 3대 욕구 중에 식욕이라는 게 있었지…….
마술 연구만 하느라 그런 욕구를 채우는 것은 등한시하고 살아왔다.
눈시울이 뜨거워진다.
치밀어 오르는 이것은 눈물일까? 자신 안에 아직 이런 것이 남아 있었다니, 경악할 일이다.
자간은 우유를 단숨에 다 마셨다.
"훗, 네피. 할 일이 정해진 것 같군."
"네. 무슨 일을 할까요?"
"마을에 장을 보러 가는 거다!"

이 성에 있는 식량이라고는 말라비틀어진 고기와 우유 밖에 없다. 이 두 가지만으로 요리를 하는 게 불가능하다는 것 정도는 자간도 알고 있었다.

"……앗, 네."

자간을 멍하니 올려다보던 네피도 깜짝 놀라서 박수를 쳤다.

뭔가 리액션을 해야 한다고 생각해서 그랬는지 모르겠지만, 괜히 쑥스러워지는 자간이었다.

◇

이 근방에서 제일 큰 도시라고 하면 큐아노에이데스지만, 이 황폐한 성 근처에는 작은 마을만 몇 개 있을 뿐이다.

자간은 그중 한 곳으로 향했지만 성을 나서자마자 한 가지 문제를 깨달았다.

──생각해보니 네피를 낙찰 받느라 전 재산을 썼지…….

그야말로 빈털터리였다.

그때는 마음속 목소리가 시키는 대로 앞뒤 생각하지 않고 움직였다.

무역 도시인 큐아노에이데스에는 각지로 뻗어 있는 도로가 잘 정비되어 있다. 그 도로를 따라 마을이 여기저기 흩어져 있어서 마차를 이용해서 이동하는 것이 일반적이었다. 그래서 길을 걷다 보면 승합마차 정도는 금방 잡을 수 있었다.

자간은 그렇게 마차를 타려다가 돈이 없다는 사실을 깨달은 것이다.

"안 타세요?"

고개를 갸웃하는 마부——고양이 얼굴인 수인족 소년이다——를 향해 자간은 고개를 흔들었다.

"아~, 깜빡 잊고 온 게 있군. 그냥 가줘."

"그렇습니까?"

마차는 바퀴를 덜그럭거리며 가버렸다.

허망하게 마차를 떠나보낸 자간의 뒤에서 네피가 고개를 갸웃거렸다.

"성으로 돌아가시나요?"

"아니, 그럴 필요는 없다."

"그런가요……?"

성으로 돌아가봤자 동전 한 닢 남아 있지 않다. 고문 기구 같은 건 팔 수도 있지만 매입과 견적을 위해 업자를 부르는 데에도 결국 돈이 든다.

——그러고 보니 네피가 입을 옷도 필요하네.

이 소녀는 어제 저녁부터 계속 새하얀 드레스를 입고 있었다. 게다가 성이 더러워서 드레스까지 지저분해졌다.

어떻게든 돈을 구해야 했다.

그 사실을 얼버무리기 위해서 자간은 그럴듯한 얼굴로 중얼거렸다.

"이런 시간에 밖에 나가는 것도 오랜만이군. 가끔은 이렇게 걷는 것도 나쁘지 않지."

"네."

구차한 변명을 늘어놓으며 마차가 떠나간 방향으로 걷기 시작하자 네피도 뒤를 따라왔다.

슬쩍 돌아보니 네피는 드레스 자락을 들고 종종걸음으로 따라오고 있었다. 보폭 차이 때문이기도 했지만, 이 드레스와 구두를 신고는 걷기 어려울지도 모른다. 조금 신경 쓰며 천천히 걷기로 했다.

걸으면서 자간은 고민했다.

――방금 전 마차를 습격해서 금품을 빼앗을 걸 그랬나?

최근엔 하지 않았지만 옛날에는 그것으로 먹고 살았을 정도다.

하지만 어제 저녁에도 공격 마술을 사용했더니 네피는 잔뜩 겁을 먹었었다.

아니, 그보다 눈앞에서 강도짓을 하는 남자를 보고 무슨 생각을 할까?

――역시 강도는 안 되겠군.

그러면 어떻게 돈을 벌면 될까.

네피는 요리를 할 줄 안다고 했으니 차라리 성을 팔고 마을에서 식당이라도 여는 게 어떨까 하는 생각까지 했을 때였다.

도로 너머에서 비명 소리가 들렸다.

네피가 숨을 삼켰다.

"주인님."

"응? 아, 강도겠지. 이 근방에서는 가끔 노상강도도 나오거든."

손도끼를 든 남자들이 마차를 습격하는 모습이 멀리 보였다.

무장한 남자들이 10여 명 정도. **무해하기 짝이 없는** 노상강도 무리다.

저들은 마술사가 아니라 평범한 인간이다. 기사처럼 훈련을 받은 것도 아니고 성기사처럼 성가신 무기를 가지고 있는 것도 아니다. 그냥 쉽게 구할 수 있는 날붙이를 들고 난동을 부리는 일반인에 불과하다.

자간의 인식은 그게 전부였다.

승객들이 끌려 나와 금품을 갈취당했다. 젊은 여자는 그대로 데리고 갈 작정인지, 다른 곳으로 끌고 가려 하고 있었다. 인질로 팔아치우거나 노리개로 삼거나, 어느 것이 되었든 좋지 않은 말로가 기다리고 있을 것이다.

납치당하는 사람을 보면 불쌍하다는 생각은 들었지만, 자신도 비슷한 짓을 해왔다. 특별히 비참한 광경도 아니었다.

남 일처럼 보고 있는데 네피가 몸을 덜덜 떠는 게 보였다.

"왜 그러지?"

"그, 게……."

본인은 나름대로 평정을 가장하고 것 같았지만, 안색은 완전히 새파랗게 질렸고 입술이 떨렸다. 그 어두운 눈동자가 응시하고 있는 것은 약탈당하는 사람들이었다.

자간은 깜짝 놀랐다.

——혹시 네피도 이런 식으로 납치당한 건가?

네피 역시 처음부터 인신매매를 위해 잡힌 게 아니라 어딘가에서 평화롭게 살고 있었을 것이다. 그렇게 괴로운 기억을 떠올린 것인지도 모른다.

자간은 강도들을 가리켰다.

"네피, 잘 봐둬. 저놈들은 길가의 먼지나 다름없다."

"……네."

그 목소리에서는 낙담 어린 기색이 배어났다.

무엇에 낙담하고 있는지는 알 수 없었지만, 자간은 놈들을 가리킨 손가락에 마력을 실었다.

그 직후, 번개 하나가 화살처럼 날아갔다.

"꺄악."

네피가 귀여운 비명을 지르며 얼굴을 가렸다.

번개에 맞은 강도 몇 명이 날아가는 것과 동시에 사라졌다.

네피는 아무 말도 못한 채 입만 벙긋거렸다.

강도들도 느닷없는 공격에 무슨 일이 일어났는지 몰라 딱딱하게 굳었다.

——지켜주니 어쩌니 하면서, 자신의 입장을 강요하는 말을 할 생각은 없다.

네피가 공격 마술을 보면 겁을 먹을지도 모르지만, 그렇다고 저런 강도 따위를 두려워하면 정신이 버티지 못한다. 이런 놈들은 잡초나 돌멩이 같은 놈들이니 겁먹을 요소는 하나도 없다.

그래서 강도 따윈 별것 아니라는 걸 보여주고 싶었다.

그렇지만 놈들도 적이 나타났다는 것 정도는 알아챈 모양이다.

"다, 당황하지 마! 아무리 마술사라도 마술을 연달아 쓰진 못한다. 다음 마술을 사용하기 전에 어서 공격해!"

리더로 보이는 남자의 말에 강도들이 무기를 들고 공격해왔다.

"주인님."

"내 뒤에 있어."

떨리는 목소리로 중얼거리는 네피에게 그렇게 말한 다음 앞으로 나서는 자간.

제일 가까이 있던 강도는 자간보다 머리 두 개 정도는 더 큰 거한이었다. 근육이 울퉁불퉁한 팔은 네피의 허리보다 더 굵어 보였다.

그런 거한이 도끼를 마구 휘두르며 다가왔다. 거목도 두 동강 낼 것처럼 흉악한 일격이다. 자간의 머리 따윈 달걀처럼 간단히 깨질 것이다.

도끼는 곧장 자간의 머리를 향해 내려왔다.

"마, 말도 안 돼……?"

하지만 거기서 경악에 찬 소리를 지른 사람은 거한이었다.

자간은 남자의 도끼를 맨손으로 받아냈다. 심지어 남자가 밀고 당겨도 도끼는 꿈쩍도 하지 않았다.

"마술사를 상대로 완력을 휘두르다니, 확실히 말도 안 되는 짓이로군."

사람들은 보통 마술사라고 하면 어두컴컴한 연구소에 틀어박혀 하루 종일 책더미에 파묻혀 지내는, 그래서 움직임도 둔한 사람일 것이라는 인상을 가지고 있다.

하지만 그들은 마술이라는 힘으로 벼락을 때리고 불을 다루며 눈에 보이지 않는 방패도 만들어낼 수 있는 사람들이다. 그들도 인간인 이상, 그 어마어마한 힘을 일단은 자신의 몸을 지키기 위해 사용한다.

피부는 웬만한 칼로는 상처 하나 내지 못할 만큼 강하고, 발은 아무리 빠른 말이라도 따라잡을 수 있을 만큼 빠르며, 팔은 강철조차 맨손으로 잡아 뜯을 수 있고, 심장은 꼬박 하루를 싸워도 숨 하나 흐트러지지 않는다.

나이가 든 마술사는 거기에다 전설 속에나 나올 법한 이능(異能)까지 휘두르게 된다. 아무리 많은 수련을 쌓은 기사라도 인간의 몸으로는 상대하지 못하는 괴물.

그게 바로 마술사라는 존재다.

자간은 손에 힘을 주었다.

강철 도끼에 드드드 하고 금이 가자 남자의 눈이 휘둥그레졌다.

"마, 말도 안……."

도끼가 유리처럼 와장창 깨지자 남자는 넋이 나가 중얼거렸다.

자간은 털썩 무릎을 꿇는 남자의 이마를 벌레를 내쫓는 정도의 힘으로 살짝 때렸다.

"꾸엑?"

남자는 돼지 같은 소리를 내면서 마차까지 날아갔다. 운 나쁘게도 그곳에 있던 강도 중 한 명이 그 밑에 깔렸다.

"히익, 두목이!"

……강도단의 리더가 깔린 모양이다. 자신들의 두목이 눌려서 찌그러지자 다른 놈들은 마차 뒤와 수풀 속으로 도망쳤다.

"으악, 도, 도와……. 어서, 도와줘!"

언뜻 들으면 목숨을 구걸하는 것 같았지만 자간에게 한 말은 아니었다.

곧이어 어디에 숨어 있었는지 로브 차림의 마술사가 느긋하게 나타나 자간 앞을 가로막고 섰다.

마술사다.

보아하니 강도들은 마술사를 고용하고 있었던 것 같다.

"흠……. 마술사가 다른 사람을 돕다니, 참 이상한 일이군."

마술사는 의아해하며 턱을 문지르더니 다른 손을 높이 치켜들었다.

"하지만 이것도 계약. 누구인지는 모르지만 내 앞에 나타난 것을 후회하게 될 거다."

그 손바닥에 작은 마법진이 떠오르는가 싶더니 곧이어 불길이 뿜어져 나왔다.

숨이 막힐 것 같은 열량이었다. 주위 초원이 불타오르자 그곳에 숨어 있던 강도들까지 불에 휩싸여 절규했다.

자간은 마술사와 불의 움직임을 가만히 관찰하다 중얼거렸다.

"과연, 불을 매체로 또 하나의 마법진을 그리고 있는 거로군."

불길은 마구잡이로 퍼져나가고 있는 게 아니었다. 마술사를 중심으로 원을 그리듯이 뻗어나가고 있었다. 공격이 아니라 견제를 겸한 마법진의 구축이었다.

거대한 마법진은 마차와 자간까지 집어삼키고 퍼져나갔다.

자간을 강적으로 보고 대규모 마술을 펼칠 생각인 것 같았다.

――물론 내가 그딴 걸 기다리고 있어 줄 이유는 없지.

불의 혓바닥이 코앞까지 다가왔다.

네피가 뒤에서 숨을 삼키는 소리가 들렸지만 그녀의 앞에는 자간이 서 있었다.

성가시다는 듯 팔을 휘두른다.

불꽃이 녹아드는 것처럼 사라지더니, 수풀과 마차로 옮겨 붙은 불까지 다 사라졌다. 발밑에는 마법진의 빛만 남아 있었다.

그런데도 마술사는 팔을 높이 들고 외쳤다.

"제법이군. 하지만 한발 늦었다――재가 되어라!"

마법진이 빛나고――

그리고 아무 일도 일어나지 않았다.

"어, 어떻게 된 거지……?"

마법진은 분명 지금도 빛나고 있었다.

하지만 그건 더 이상 마술사의 마법진이 아니었다.

보란 듯이 한숨을 흘렸다.

"이렇게 큰 마법진을 그리지 않으면 마술 하나 부리지 못하는 거냐."

자간을 불길을 뿌리쳤을 때 마술사로부터 마법진의 주도권을 빼앗았다.

어제 발바로스가 자간의 결계 안으로 전이했을 때와 똑같았다.

“이래서 길가의 먼지나 다름없다고 한 거다.”

자간은 하늘을 향해 검지를 치켜들더니 세로로 길게 선을 내리그었다.

마법진이 환하게 빛나며 터졌다.

“앗?”

하늘에서 곧장 빛의 창이 쏟아졌다.

번개를 한데 모은 일격이다. 딱히 고도의 마술은 아니지만 자간의 손을 거치면 성벽을 박살낼 정도의 위력이 된다.

그 일격을 그대로 받은 마술사는 흔적도 없이 사라졌다.

더 놀라운 것은 그렇게 강한 위력에도 불구하고 주위에 있는 마차와 승객들에게는 상처 하나 입히지 않았다는 점이다.

불길 하나 일으키는 데에 아군까지 말려들게 하는 마술사와 공격 대상만 없앤 자간. 기량의 차이는 이런 부분에서도 드러났다.

자간은 마차로 천천히 다가갔다. 강도들이 아직 그곳에 남아 있었기 때문이다.

“왜 그러지? 어서 덤벼. 남의 것을 빼앗을 때는 반대로 빼앗길 각오도 했겠지?”

“히, 히익, 우리가 뭘 했다고 그래!”

어떤 주둥이가 이따위 소리를 지껄이는 걸까.

마침내 덩치 큰 남자의 밑에서 빠져나온 강도단의 리더가 엉덩방아를 찧고 후퇴했다.

“글쎄. 그냥 거기 있는 게 눈엣가시였다고 할까? 너희들도 비슷한 것 아냐?”

“으아아아아아아아아아아아아아악!”

강도는 절규하더니 그대로 눈을 뒤집으며 기절했다. ……역한 냄새가 난다 싶었는데 한심하게 오줌까지 지린 모양이다.

다른 강도들도 리더의 모습을 보더니 무기를 버리고 항복했다.

더 이상 공격해올 사람이 없다는 것을 확인한 자간은 네피를 돌아보았다.

이제 안전한 길을 확보했는데도 네피는 눈을 커다랗게 뜬 채 딱딱하게 굳어 있었다.

——어라? 내가 또 무슨 실수라도 했나?

식은땀이 마구 솟았지만 헛기침을 하며 평정심을 가장한 채 말했다.

“잘 들어라, 네피. 보다시피 강도는 무해하기 짝이 없는 먼지다. 네게 위해를 가할 수 있는 놈들도 아니고, 정 눈엣가시일 때는 살짝 손만 봐주면 이렇게 얌전해지지.”

“마차가 습격을 받았는데도 무해한가요……?”

“윽…….”

무표정했지만 네피의 지적은 정확했다.

——이 아이, 당황했을 때는 제법 야무지게 말대꾸도 할 줄 아는군…….

자간의 말을 듣고 어이없어 하는 것 같았지만, 그런 일면을 알게 된 것이 더없이 기쁜 자간이었다.

하지만 그런 두 사람을 보고 참고 참던 웃음을 터뜨린 사람이 있었다.

그것을 계기로 긴장이 풀린 것처럼 웃음소리가 터져 나왔다.

"마술사 양반, 대단한걸!"

그런 말과 함께 승객들이 자간의 주위로 몰려들기 시작했다.

"아까 마차에 타지 않았던 사람이지?" "고맙네, 덕분에 살았어." "마술사 중에도 좋은 사람이 있구만."

승객들의 칭찬이 쏟아지자 자간의 눈이 동그래졌다.

강도들을 쫓아낸 건 이번이 처음이 아니다. 가끔 지나가다 다른 사람을 도와준 적도 있었지만 지금처럼 고맙다는 말을 듣는 건 처음이었다.

그렇게 사람들에게 둘러싸인 건 자간만이 아니었다.

"그쪽은 마술사 씨의 동행?" "예쁘게 생긴 아이네." "좋은 주인을 뒀어."

"저……."

네피도 덩달아 사람들에게 시달리고 있었다.

자간은 납득했다.

——네피가 같이 있어서 그런 건가?

평소처럼 자간 혼자 있었다면 다들 겁을 먹고 도망쳤을 것이다.

네피가 같이 있는 걸 보고 그들이 무슨 생각을 했는지는 모르지만, 공포 말고 다른 무언가를 느끼게 된 요인이 된 것 같았다.

조금 전까지만 해도 진지하게 그들에게서 돈을 뜯어낼 생각을 하고 있던 자간은 살짝 겸연쩍으면서도 복잡한 심정이었다.

잠시 후, 마부가 작은 주머니를 꺼냈다.

"저기, 괜찮다면 호위 대신 같이 마차를 타고 가주면 안 될까? 물론 사례는 지불하지. ……그리 큰 액수는 아니지만."

"그, 그래."

주머니를 떠안기는 바람에 얼떨결에 받고 말았다. 무게와 감촉을 보니 금화 10여 닢 정도가 들어 있는 것 같다.

예전 같으면 푼돈에 불과했지만 지금은 이보다 고마울 수 없었다. 식재료와 네피가 입을 옷을 사기엔 충분한 금액이었다.

──이게 뭐야? 원래 돈이란 게 이런 식으로 뜬금없이 생기는 거였나?

악당을 적당히 처리하다 보면 돈은 알아서 들어오는 모양이다.

작은 희망을 품고 있다가──가만히 생각해보니 제일 먼저 퇴치되어야 하는 악당 중에 자신이 들어 있다는 사실을 깨닫고 하마터면 무릎이 꺾일 뻔했다.

고뇌하는 사이 자간과 네피는 마차 안으로 떠밀려 들어갔다.

나란히 앉게 되자 두 사람은 서로 얼굴을 마주 보았다.

"주인님."

"……왜 그래?"

"어째서 이분들을 도와주셨나요?"

"어? 아……. 그래. 도와준 셈이 되는 건가."

자간은 그저 네피에게 강도 따위는 무서워할 필요가 없다는 것을 보여주고 싶었을 뿐, 마차에 탄 승객들을 도와준다는 생각은 없었다.

——그건 그렇고 지금이 마음을 끌 수 있는 기회 아닐까?

흑심이 무럭무럭 자라난다.

여기서 필요한 것은 네피의 마음을 열 센스 있는 말 한마디.

지금만이라도 좋으니까 조언 좀 하러 와줘, 발바로스, 라고 기도하면서 자못 당연한 것처럼 이렇게 대답했다.

"거들먹거리는 쓰레기들에게 자기 주제를 가르쳐준 것뿐이다."

——도대체 난 왜 이런 말 밖에 못하냐고오오오!

방해하고 있는 건 자존심일까?

네피를 지키기 위해서, 또는 약한 사람들을 내버려둘 수 없어서 그랬다는 식의 누가 들어도 근사한 말을 생각했다.

하지만 입에서 나온 건 개똥보다도 도움이 안 되는 허세였다.

모처럼 얻은 기회를 자기 손으로 쓰레기통에 처박은 자간은 괴로워했다.

그래서 깨닫지 못했다.

반대로 네피가 흥미진진한 눈으로 자신을 올려다보고 있다는 사실을.

◇

"그럼, 마술사 형씨. 또 언제든 우리 마차에 타줘. 당신이라면 얼마든지 공짜로 태워줄 테니까."

마차를 태워준다고 해서 결국 큐아노에이데스로 왔다. 고양이 얼굴의 마부는 마차를 세우더니 그렇게 말하고 떠났다.

마을은 여전히 시끌벅적했다.

이쪽을 보면 귀족 부인이 즐겁게 쇼핑을 하고 있고, 다른 한쪽을 보면 꾀죄죄한 양아치가 마약을 팔고 있다. 뒤죽박죽인 마을이긴 하지만 그만큼 없는 물건이 없다는 장점이 있다.

——자, 어디부터 가볼까.

일단 식재료를 갖춰두는 게 오늘 여기 온 목적이지만, 그 이전에 성에는 네피가 생활하기 위해 필요한 것이 아무것도 없다.

——그나저나 여자들이 살아가는 데는 뭐가 필요하지?

자간은 그 점부터 무지했다.

으흠, 헛기침을 한 다음 네피를 쳐다봤다.

"네피, 웬만한 것들은 이 마을에 다 있다. 필요한 게 있으면 골라봐."

"전 주시기만 한다면 누더기라도 만족합니다."

꿈도 희망도 없는 대답에 자간은 울고 싶어졌다.

——그래. 내일을 기약하지 못하는 신세라고 생각하는 소녀가 뭐가 가지고 싶겠어.

그러면 뭘 사주면 좋을까.

고민하면서 거리를 걷는 사람들을 바라봤다.

화려한 드레스를 입은 귀족도 없는 건 아니지만 역시 대부분은 움직이기 편한 차림을 하고 있다. 신발도 부츠나 샌들 등, 달리기 쉬운 것들이 많다.

그런 반면 네피는 옷자락을 질질 끌다시피 해야 하는 긴 드레스에 뒤축이 뾰족한 구두. 시내에서 쇼핑을 하기엔 불편해 보이는 차림이었다.

"……흠. 일단 옷부터 골라볼까."

"옷……, 이라고요?"

"그래. 그 차림, 움직이기 불편하잖아?"

어제도 계단에서 비틀거렸고 오늘도 걸을 때는 드레스 자락을 들고 있었다.

네피는 믿기지 않는 말을 들은 사람처럼 눈을 깜빡거렸지만 신기하게도 싫어하는 기색은 보이지 않았다.

아까 그 마부에게 여자들 옷은 어디서 살 수 있는지 정도는 물어볼 걸 그랬다고 후회했지만, 조금 걷다보니 곧 그런 가게를 찾을 수 있었다.

여행객용 옷을 전문적으로 취급하고 있는 것 같았는데 여성용 옷 한 벌이 나무로 만든 조각상에 입혀진 채 전시되어 있었다. 일상복으로 입기엔 괜찮을 것 같다.

자간이 가게 문을 열자 갑자기 조용해졌다.

마술사 복장을 보고 경계하는 것이리라.

곧이어 점원으로 보이는 젊은 여자가 다가왔다. 등에 녹색 날개가 달린 익인(翼人)으로 가게에 전시된 상품을 멋지게 잘 소화해내고 있었다. 그리고 풍만한 가슴에는 '마뉴엘라'라고 적힌 명찰을 달고 있었다.

점원——마뉴엘라는 딱딱하게 굳은 미소를 짓고 말을 건넸다.

"어, 어서 오세요. 마술사님께서는 어떤 옷을 원하시는지요?"

노골적으로 환영하지 않는 분위기였지만 여자 점원이 와줘서 참 고마웠다.

자간은 자신의 뒤에 서 있는 네피를 가리켰다.

"이 소녀에게 적당한 옷을 골라줘."

네피를 본 마뉴엘라는 입을 쩍 벌렸다.

"우와, 정말 예뻐라……."

역시 같은 여자가 봐도 예쁜가보다. 자기 일도 아닌데 괜히 자신까지 기분이 좋아지는 자간이었다.

하지만 마뉴엘라의 표정은 금방 어두워졌다. 그녀의 시선은 목걸이를 향하고 있었다.

——역시 이 목걸이는 풀어주고 싶은데.

가게에 들어갈 때마다 이런 시선을 받는다면 밖을 제대로 걸어다닐 수도 없다. 목걸이를 풀어주면 도망칠 거라고 했지만 자신이 알 바 아니었다.

자간은 네피를 구해주고 싶었다.

물론 자신을 좋아해줬으면 하는 마음도 있지만 목걸이를 채워서 자신의 것으로 삼아봤자 아무 의미도 없다. 마술사인 자신이 늘 맞닥뜨리는 겁에 질린 얼굴과 똑같을 테니까.

네피는 점원의 손에 이끌려 가게 안쪽으로 사라졌다.

자간은 어디에 서 있으면 좋을지 몰라 일단 출입구를 피해 벽

옆으로 가서 섰다.

그렇게 기다리기를 잠시, 마뉴엘라가 금방 돌아왔다.

"이런 코디는 어떠세요?"

"음……, 뭐?"

가게 안쪽에서 나온 네피를 본 자간은 눈을 부릅떴다.

네피는 맨살 위에 가죽 벨트만 찬 모습이었다.

일단 옷의 형태는 그럭저럭 갖추고 있다. 유두와 고간은 절묘하게 가려져 있었다. 하지만 그 외의 부분은 훤히 다 드러나 있어서 백옥 같은 피부와 의외로 풍만한 가슴은 하나도 가려지지 않았다.

목걸이도 의상의 일부처럼 절묘하게 매치되어서 반쯤은 예술적으로 보였지만, 자간은 그런 옷을 주문한 게 아니었다. 이곳에 남자 손님이나 점원이 있었다면 눈알을 도려내도 성이 차지 않을 지경이었다.

네피가 새하얀 귀까지 빨갛게 물들인 채 몸을 가리려고 살짝 비틀었다.

아무렇지도 않게 드레스 자락을 들어 올리던 어제 저녁에는 볼 수 없었던 반응이다.

진심으로 죽고 싶어 하는 사람은 수치심도 느끼지 않는 법이다. 그런 의미에서는 조금은 살 의지를 가져준 것 같아서 기뻤지만 지금은 그런 생각을 할 때가 아니었다.

하얀 머리가 사르륵 흔들리며 소녀의 몸을 가렸다.

"저, 저기, 보지, 마세요……."

꺼져들어갈 것 같은 네피의 목소리에 정신을 차리고 보니 마뉴엘라는 의기양양하게 가슴을 펴고 있었다.

"어떠세요? 제가 보기엔 완벽한 조합이라고 생각합니다만."

"어디가 완벽하다는 거냐! 적당한 옷을 골라달라고 했는데 왜 이렇게 되냐고!"

"네……? 손님의 취향에 맞춘 건데요……."

도대체 나를 어떤 눈으로 보고 있는 걸까.

——하긴 이렇게 귀여운 소녀에게 목걸이를 채운 채 데리고 다니는 악랄한 마술사니까…….

마술사라는 이름 자체가 악의 대명사나 마찬가지다. 가만히 생각해보면 점원이 그런 반응을 보인 것도 무리는 아니었다.

……아니, 그렇다 해도 이 차림은 아니라고 생각하지만.

자간은 고민하면서 말했다.

"평범한 생활을 하는 데 필요한 일상복 말이다."

"에이~……. 이렇게 몸매가 좋은데."

점원은 노골적으로 불만스러운 표정을 지으면서도 네피를 데리고 다시 가게 안쪽으로 사라졌다.

"잠깐. 손에 들고 있는 건 놔두고 가."

마뉴엘라는 질리지도 않는지 속옷처럼 생긴 선정적인 의상을 꽉 끌어안고 있었다.

그 모습을 본 네피의 눈동자에도 눈물이 맺혔다.

자간이 노려보자 점원도 두 손을 들고 후퇴했다.

"왜, 왜 그러세요. 장난이에요, 장난."

자간의 눈에는 절대 그렇게 보이지 않아서 미심쩍어 하는 시선을 던졌다. 그 시선에 놀란 점원이 의상을 내려놓자 네피는 진심으로 안도한 것처럼 가슴을 쓸어내렸다.

곧이어 두 번째 옷으로 갈아입은 네피가 다시 나왔다.

"자, 어떠세요?"

"호오……."

이번에는 자간도 솔직하게 감탄의 한숨을 흘렸다.

새파란 원피스 위에 화려한 레이스로 장식된 앞치마를 한 모습이었다. 발에도 걷기 편해 보이는 부츠를 신고 있다.

하인들이 입는 옷이긴 했지만 귀여운 건 사실이었다.

마뉴엘라가 납득이 가지 않는다는 얼굴로 설명을 시작했다.

"원피스와 앞치마 모두 실크로 만든 정통 메이드복 스타일입니다. 시녀들의 제복으로도 사용되는 옷이죠. 부츠는 치유 마술이 부가되어 있어서 서서 일할 때 느끼는 피로를 경감시켜준답니다."

보기에도 나쁘지 않은데 기능까지 괜찮았다.

다시 봐도 마음에 드는 옷이다.

"어때, 네피?"

"전 주인님께서 주시는 것이라면 뭐든 괜찮습니다."

"……이봐, 그런 말을 하면 또 아까 같은 옷을 입히려고 들걸."

옆에서는 익인 점원이 눈을 야릇하게 빛내며 가죽 벨트로 된 옷을 끌어내고 있었다.

네피가 허둥지둥 고개를 가로저었다. 이렇게 재빠른 반응은 처음 봤다.

"이, 이게 좋아요, 주인님!"

"음. 그럼 이것으로 하지."

마뉴엘라가 쯧 하고 혀를 차는 소리가 들렸다. 태도가 불량한 점원이다.

계산을 마치자 저원은 네피의 귀에 대고 무슨 말을 속삭였다.

(소중히 대해주는 주인을 만나서 다행이야.)

자간에게는 무슨 말을 하는지 들리지 않았지만 네피가 갑자기 눈을 커다랗게 뜨는 게 보였다.

그러더니 조심스럽게 고개를 끄덕였다.

"……네."

왠지 기뻐 보이는 표정이었다.

자간은 가게를 나온 후 물었다.

"점원이 뭐라고 했지?"

"아, 좋은 주인님이라고요."

"그래?"

그냥 예의상 한 말이겠지만 굳이 그런 말을 하는 이유를 알 수 없었다.

네피는 고개를 갸웃거리는 자간은 아랑곳 않은 채, 새로 산 옷을 만족스럽게 어루만졌다.

(소중히, 여겨주시는……건가요?)

정말 믿어도 되냐고 묻는 것처럼 떨리는 그 목소리는 누구의 귀에도 닿지 않은 채 바람 속으로 사라졌다.

◇

——그럼 다음은 어디로 갈까.

새 옷으로 갈아입자 네피도 제법 걷는 게 편해진 것 같다. 이 정도면 여기저기 돌아다녀도 괜찮을 것이다.

그때 뭔가가 옷을 잡아당기는 게 느껴졌다.

돌아보니 네피가 머뭇거리며 로브 자락을 잡고 있었다.

본인도 자각이 없는지, 커다랗게 뜬 눈으로 고개를 갸웃거리고 있다.

——그렇군, 아까 그 점원이 친 장난 때문에 주위 사람들이 무서워서 그런 거구나.

어제 본 무슨 일을 당해도 상관없다는 체념 어린 모습을 생각하면 흐뭇해서 괜히 자신까지 기뻐졌다.

자간은 그 손을 뿌리치지 않도록, 그러면서 네피가 자신이 무슨 일을 하고 있는지 알아차리지 못하도록 조심하면서 걸었다.

그렇게 걷고 있자니 이번에는 요란한 금속 소리가 들려왔다.

소리가 나는 쪽을 보니 대장간이었다. 기사와 용병이 사용하는 검과 갑옷, 그 외에도 금속 소도구가 산더미처럼 쌓여 있었다.

그중에는 노예의 목걸이도 있었다.

"저 가게에 가보자."

"네."

자간이 대장간으로 발길을 돌리자 네피도 따라왔다.

가게 안은 그 자체가 공방이기도 했다. 벽과 선반에 상품이 몇 개나 늘어서 있고, 안쪽에서는 몇몇 남자들이 달군 금속을 때리고 있었다.

남자들에게 말을 걸자 그중 한 명이 깜짝 놀라 벌떡 일어났다.

갑자기 마술사가 말을 걸어왔으니 그런 반응을 보이는 것도 당연했다.

남자는 흠칫거리며 뒤를 돌아보았다.

"무, 무슨 일이신지?"

"어이, 잠깐 봐줬으면 하는 게 있다."

다가온 사람은 소인족 남자였다. 수염을 기르지 않았는데, 그 탓에 몇 살인지 알 수 없었다. 소년처럼 보이지만 중년일지도 모른다.

소인족은 손재주가 좋아서 섬세한 장식물이나 장치를 만드는 데 능숙하다고 한다.

자간은 네피를 앞에 세웠다.

"이 아이의 목걸이를 좀 봐줘……. 푸는 방법을 알겠나?"

네피의 몸이 움찔 떨렸다.

그리고는 믿기지 않는다는 표정을 지었다.

——어라? 그러고 보니 네피에게 목걸이를 풀어주겠다는 말을 했던가?

말하지 않은 것 같다.

지금 당장 풀지는 못하더라도 풀어줄 생각이라는 걸 알았다면 네피의 마음도 편해졌을 텐데. 점점 더 자신의 참담한 대화 능력에 낙담했다.

네피가 머뭇머뭇 입을 열었다.

"저, 주인님……."

"그 목걸이를 하고 있으면 언제까지고 마르코시어스의 소유물인 것 같잖아. 너한테는 필요 없는 물건이야."

이번에도 네피를 물건처럼 말해버린 자간은 얼굴을 감싸고 싶어졌다.

하지만 네피는 뺨을 살짝 붉히며 고개를 끄덕였다.

"……네."

"……음."

무엇이 '음'인지는 모르겠지만, 자간은 그렇게 대답하는 것이 고작이었다.

그러자 소인족 대장장이가 곤혹스러운 목소리로 말했다.

"풀다니, 이 목걸이를 말입니까?"

"그래."

"……농담이 지나치십니다. 이건 마술 도구가 아닙니까. 저희들 능력으로는 불가능합니다."

네피는 어깨를 살짝 늘어뜨렸지만 그 정도 사실은 자간도 알고 있었다.

"구조적인 이야기를 듣고 싶은 거다. 자물쇠를 부수면 풀 수 있는 건가?"

그렇게 묻자 대장장이는 목걸이를 찬찬히 관찰했다.

그리고 잠시 후, 목걸이와 연결된 자물쇠를 가리켰다. 열쇠 구멍이 뚫린 금속 덩어리에서 6개의 축이 뻗어 나와 있고, 그 축들이 목걸이에 연결되어 있는 것처럼 보였다.

"이 자물쇠를 좀 보십시오. 이 목걸이는 이것 하나로 고정하는 구조로 되어 있어서 자물쇠만 풀면 죄다 풀릴 겁니다. 보통은 말이죠."

보통은, 이라는 말이 붙었다는 것은 거기에 마술이 부가되어 있으면 어떤 장치가 되어 있는지 잘 모른다는 뜻이다.

그 말에 자간은 고개를 끄덕여 보였다.

"마술은 자연의 개념을 뒤집는 힘이기 때문에 원래의 개념에 속박되지. 그런 구조로 되어 있는 목걸이라면 자물쇠가 장식품이지는 않겠군."

"그리고 이런 말씀을 드려도 될지 모르겠지만……."

대장장이는 어떻게 말하면 좋을지 모르겠다는 얼굴이었다.

아무래도 네피가 들으면 곤란한 이야기인 모양이다. 소녀와 조금 떨어져서 작은 목소리로 귓속말을 했다.

(아무래도 트랩이 설치되어 있는 것 같습니다.)

(트랩이라고?)

(네. 정확한 순서대로 풀지 않으면 장치가 발동해서……, 최악의 경우, 아가씨의 목에 큰일이 생길 가능성이…….)

그 큰일이라는 것이 어떤 것인지 생각하고 싶지도 않았다.

그래서 대장장이도 말끝을 흐린 것이리라.

——역시 힘으로 푸는 건 위험한가.

단순히 목걸이를 파괴하는 것뿐이라면 자간에게는 식은 죽 먹기다.

하지만 〈마왕〉이 남긴 목걸이라는 점이 마음에 걸려서 신중하게 고민하고 있었는데 하마터면 큰일 날 뻔했다.

“제일 좋은 건 원래 열쇠로 푸는 것입니다.”

“뭐, 그렇겠지.”

그건 알고 있지만 경매장의 사회자들도 열쇠를 가지고 있지는 않았다.

――짚이는 곳이 없는 건 아니지만…….

하지만 지금은 손을 댈 방법이 없다는 게 현실이었다.

일단 알고 싶은 것은 알았으니 호주머니에서 은화 몇 닢을 꺼내 건넸다. 네피의 옷을 사고 받은 거스름돈이다.

“고맙다. 이건 받아둬.”

“아뇨, 대단한 일을 한 것도 아닌걸요. 아니, 따지고 보면 이런 걸 받을 수는 없죠.”

“……? 무슨 뜻이지?”

소인족 대장장이는 씁쓸한 미소를 지으며 이렇게 말했다.

“저희는 당신에게 도움을 받은 적이 있습니다.”

자간은 전혀 기억이 나지 않아 고개를 갸웃거렸다.

“벌써 1년 정도 됐을까요. 우리 마차가 습격을 받았을 때 저와 딸아이를 구해주셨지요. 우리는 겁을 먹고 도망쳤는데 당신은 화를 내지도 않고 그냥 보내주시더군요. 아무쪼록 용서해주십시오.”

성가시다는 이유로 해치웠던 어중이떠중이 중에 그들을 습격한 마술사가 있었던 모양이다. 그래서 결과적으로 그와 그의 딸——딸이 있을 것 같은 나이다——을 구해준 셈이 된 것이리라.

딱히 보답을 바라고 한 일은 아니지만 지금 돈을 주지 않아도 된다는 건 참 고마웠다. 자간은 은화를 가만히 호주머니 속에 다시 넣었다.

"그럼 이건 넣어두겠지만 너도 시답잖은 일은 그만 잊어라. 나도 기억하고 있지 않으니까."

말하고보니 괜히 돈을 주지 않은 것에 대한 변명을 하는 것 같았지만 대장장이는 재미있다는 듯 웃었다.

"그래도 전 잊지 못할 겁니다. 다음에 또 무슨 일이 생기면 언제든 오십시오."

그렇게 말하는 대장장이의 배웅을 받으며 자간과 네피는 대장간을 뒤로했다.

——도대체 오늘 왜 이러지?

주위 사람들이 너무 우호적이어서 기분이 이상할 정도다. 네피를 데리고 있는 것만으로도 이렇게 달라지는 걸까.

자간은 깨닫지 못하고 있었다.

이 세상 모든 것을 원망하는 것 같은 얼굴이었던 자신이 지금은 아주 부드러운 표정을 짓고 있다는 것을.

◇

그 후, 쇼핑을 한차례 마쳤을 즈음에는 해가 저물기 시작하고 있었다.

곧장 성으로 돌아가서 네피에게 식사 준비를 시키기에는 무리가 있었다. 두 사람은 작은 식당으로 들어갔다.

시간이 어중간해서 손님은 별로 없었다. 자간 일행을 포함해도 열 명 정도밖에 되지 않는다. 나무로 된 바닥은 점원이 걸을 때마다 삐걱거리고 천장은 지붕까지 휀히 뚫려 있었다. 대들보에 매달린 램프가 각각의 테이블을 희미하게 비추었다.

메뉴는 뭐가 뭔지 알 수 없었지만――자간에게는 요리 이름 자체가 미지의 것이었다――일단 고기 요리와 샐러드로 보이는 음식, 그리고 빵을 주문했다.

야채는 즐겨 먹지 않았지만 네피가 고기만 먹는 모습이 상상이 되지 않아서다.

요리가 나오기를 기다리고 있는데 네피가 무슨 말인가 하고 싶은 것처럼 자신을 쳐다봤다.

"무슨 일이지?"

"그게, 저……."

네피는 말을 더듬거리면서도 자신의 목걸이를 만졌다.

"주인님은 이 목걸이를 풀어주실 생각인가요?"

"응? 아, 그러고 보니 말하지 않았군. 맞아, 그럴 생각이야."

아까도 헷갈리게 말하는 바람에 네피도 확신하지 못하고 있었던 모양이다.

얼굴을 마주한 상태에서 그런 질문을 받자 괜히 쑥스러워진 자간은 쌀쌀맞게 대답하고 말았다. '물론이다!' 같은 네피를 안심시켜줄 수 있는 말은 잘 나오지 않았다.

네피도 갈등하는 것처럼 여러 번 입을 열었다 닫았지만 쉽게 말을 꺼내지 못하고 있었다.

그래도 결국 결심한 듯 시녀 차림을 한 소녀는 입을 열었다.

"목걸이가 없어지면, 제가 도망칠 수도 있다는 생각은, 해보지 않으셨어요?"

네피는 엘프다. 그것도 하얀 머리를 가진 높은 마력을 가진 개체다. 목걸이가 없으면 마술도 사용할 수 있을 것이다.

이 목걸이야말로 그녀를 자간의 아래 묶어두고 있다는 증거이기도 했다.

그런데도 자간은 대장간에서 그 목걸이를 풀려고 했다.

――하긴 신경 쓰일 만도 하지.

물론 자간도 그럴 위험에 대해 생각해보지 않은 건 아니다.

금화 백만 닢이라는 거금을 써서 손에 넣은 소녀가 냉큼 도망치는 것보다 한심한 이야기도 없을 것이다. 남자로서도 마술사로서도 형편없다.

그리고 실제로 그렇게 될 것이라고 생각했다.

자간과 달리 네피가 자신을 도울 이유는 하나도 없으니까.

하지만 설사 도망칠지도 모른다고 해도――

――그래도 풀어주고 싶었다.

말로는 그 마음을 도저히 설명할 수 없었다.
그래서 결국 입에서 나온 것은 이런 말이었다.

"흠. 어차피 지금 당장 풀 수 있는 건 아니다. **쓸데없는** 기대는 하지 마라."

어디 머리라도 처박고 싶어졌다.
하다못해 '그래도 목걸이 정도는 풀어주고 싶다'라는 말 정도는 할 수 있잖아.
——아마도 곁에 남아 있어주기를 바라기 때문일 것이다.
때문에 기대는 하지 말라는 소리를 한 것을 테고.
그래도 '쓸데없는'이라는 말은 하지 말았어야 했는데.
어디 '여자와 대화하는 법' 같은 마도서를 파는 곳은 없을까. 사기라도 좋으니까 이참에 누가 그런 걸 좀 가르쳐줬으면 더 바랄 게 없을 것 같았다.
그런데도 네피는 만족스러운 듯 고개를 끄덕여주었다.
"네."
그런 네피에게 심한 말을 한 것 같아서 자간은 다시 고뇌에 휩싸였다.
하지만 이번은 고뇌의 시간도 그리 길지 않았다.
요리가 금방 나왔기 때문이다.
처음 보는 메뉴였지만 꽤 오래 전에 꿈꾼 적은 있다. 나이프와 포크를 마지막으로 사용한 것이 언제인지 기억나지 않았지만 사용하는 방법 정도는 기억하고 있었다.

자간이 고기를 자르기 시작했는데도 네피는 요리만 멍하게 보고 있었다.

"왜 그러지? 스푼과 포크를 사용하는 방법을 모르나?"

분명 저 멀리 동쪽에 있는 나라에서는 '젓가락'이라 부르는 가느다란 막대를 이용해 식사를 한다는 이야기를 들은 적이 있다.

도시와 떨어진 북쪽 나라에 사는 엘프들도 나이프와 포크를 사용하지 않을지도 모른다.

그렇게 생각하고 물어봤지만 네피는 고개를 붕붕 옆으로 흔들었다.

"아뇨, 그런 게 아니라……."

"그럼 어서 먹어. 배가 안 고프진 않을 것 아냐?"

또 내뱉듯이 말하고 말았지만 이젠 네피도 익숙해졌을 것이다. 의아한 표정을 짓기만 할 뿐 겁을 먹진 않았다.

오히려 더 빨리 알아챘어야 했다.

마술사 자간은 공복도 마술을 이용해 어느 정도 달랠 수 있지만, 네피는 목걸이에 의해 마력이 봉인된 상태이다. 게다가 체력이 좋아 보이지도 않는다. 무엇보다 아침에 말린 고기와 우유로 된, 식사라 부르기 힘든 것 말고는 아무것도 먹지 않았다.

자간이 한 말을 긍정하는 것처럼 네피의 배에서 꼬르륵 하고 귀여운 소리가 났다.

뾰족한 네피의 귀가 발그레하게 물들었다.

"저기, 저까지 먹어도 되나요?"

"……? 그러면 안 될 이유라도 있나?"

――혹시 이것도 지나치게 소박한 메뉴인가?

하지만 이번 반응은 아침에 보인 반응과는 달라 보였다.

그리고 문득 현재 그녀가 처한 상황을 떠올렸다.

"……혹시 이렇게 식사를 하는 게 처음인가?"

네피는 고개를 끄덕였다.

――아아, 그래……. 네피도 그랬구나…….

왜 첫눈에 네피에게 집착하게 됐는지 그제야 알 것 같았다.

그녀는 자신과 똑같았던 것이다.

힘도 없고 지낼 곳도 없어서 세상에 절망하고 있던 시절의 자신이다.

그래서 자간은 아무렇지도 않게 이렇게 대답할 수 있었다.

"그러면 신경 쓰지 마라. 나도 비슷하니까. 맛있어 보이는 것부터 먹으면 돼. 이런 곳에서 조심스럽게 행동해야 할 상대는 네 앞에 없어."

"……그래도."

"됐으니까 먹어라. 작은 가게지만 아침에 먹은 말린 고기엔 비할 바가 못돼."

그렇게 말하고 고기 한 점을 입안에 넣었지만 솔직히 맛이 어떤지는 잘 몰랐다.

――아까 그 목걸이 일로 의기소침해 있는 건 아니겠지? 그나저나 자연스럽게 식사 초대를 하려면 어떻게 하면 되지?

그런 의문과 불안 때문에 밥이 코로 들어가는지 입으로 들어가는지 알 수 없었다.

네피는 작게 쥔 손을 입가로 가져갔다. 기분 탓일까, 눈꼬리가 살짝 아래로 처져 있는 게 웃고 있는 것처럼 보였다.

그러더니 두 손을 모아 포크를 들었다.

"잘 먹겠습니다."

제일 먼저 손을 뻗은 건 작은 토마토였다. 포크로 찍으려고 했지만 잘 되지 않아서 주륵 미끄러졌다.

네피는 표정 하나 변하지 않았지만 뾰족한 귓가는 살짝 달아올라 있었다. 그녀 나름대로 부끄러워하고 있는 것 같았다.

"……!"

자간의 시선을 느낀 네피는 움찔 몸을 떨더니 이번에는 스푼을 들었다. 그릇처럼 옴폭하게 팬 스푼으로 토마토를 예쁘게 떠서 분홍빛 입술로 가져간다.

"……?"

혀 위에서 한 번 굴려본 네피는 묘한 표정을 지었다. 맛이 나지 않는 게 분명했다.

——핥기만 하니까 맛이 안 나지. 씹으면 되잖아!

조언을 해주고 싶었지만 부드럽게 말할 자신이 없다. 무엇보다 네피도 그런 말을 들으면 쑥스러울 것이다.

마음속으로 성원을 보내며 지켜보고 있자 마침내 네피는 토마토를 씹었다.

톡 하고 토마토가 터지는 소리가 나더니 네피의 눈이 휘둥그레졌다.

"어, 어때……?"

대답할 수가 없는지 한동안 묵묵히 입을 움직이더니 고개를 끄덕였다. 그 바람에 새하얀 머리카락이 가슴께를 따라 흘러내렸다.

"맛있는 것, 같아요."

그랬다가 표현이 부족하다고 생각했는지 머리를 흔들었다.

"처음, 먹어본, 거라서."

생각해보니 요리를 만들겠다고 했을 때도 '어깨 너머로 보고 배운 것'이라고 했다. 제대로 된 것을 먹을 수 있는 환경에 있었던 건 아닐지도 모른다.

안타까워해야 할 상황이었지만, 오히려 자간은 친근감 같은 것이 피어올라 표정이 부드럽게 풀어질 것만 같았다.

"마음에 드나?"

"잘, 모르겠어요."

그러더니 다시 스푼으로 토마토를 떴다.

"좀 더 달콤한 맛이 날 줄 알았어요. 그런데 아주 싱싱해서……, 이런 건 처음 먹어봤어요."

——아, 하긴 자그마한 토마토는 사탕처럼 생기긴 했지.

자간도 사탕인 줄 알고 가게에서 훔쳐서 먹어봤다가 신맛이 나서 낙담했던 적이 있다. 그리고 그 후에 가게 주인에게 잡혀서 흠씬 두들겨 맞았다.

——그래. 여자아이잖아. 달콤한 걸 좋아하겠지.

처음으로 네피의 취향이라 부를 만한 것을 알게 된 것 같은 느낌이 들었다. 나중에 달콤한 디저트라도 주문해보자.

그런 생각을 하면서 자간도 토마토를 향해 포크를 가져갔다.

"윽……."

하지만 네피처럼 주륵 미끄러뜨리고 말았다.

두세 번 도전해봤지만 역시 잘 찔러지지 않는다. 가만히 생각해 보면 자신도 평소에 포크 같은 건 사용하지 않았다. 포기하고 스푼으로 바꿀까 생각했을 때였다.

그 토마토를 네피의 스푼이 살짝 건져 올렸다.

그리고 그 스푼을 자간 앞으로 내밀었다.

"……드세요."

"뭐, 라고……?"

자간의 눈이 휘둥그레졌다.

——먹여주겠다는 건가……?

어디서였을까, 옛날에 딱 한 번 본 적이 있다.

사이 좋아 보이는 남녀가 이렇게 스푼으로 과자——이번에는 토마토지만——를 서로 먹여주고 있었다.

그때는 자신도 설명할 수 없는 증오가 치밀어 올랐을 뿐, 별다른 감정은 품지 않았다. 그런데 자신이 그 상황에 직면하게 되는 날이 올 줄이야.

아무렇지도 않은 표정을 짓고 있었지만 네피의 귀도 빨갛게 달아올라 있었다. 가만히 보고 있으니 뺨도 발그레해지기 시작했다.

——그러고 보니 네피가 입을 댄 스푼이잖아?

그 스푼을 자신의 입안에 넣어도 된다는 뜻인가.

자간도 긴장하며 스푼으로 입을 가져갔다.

혀 위로 토마토가 데굴 굴러 들어왔다.

한 입 베어 물자 신맛이 나는 과즙이 터져 나왔다.

"……맛있군."

"……네."

이어서 네피는 속삭이는 것처럼 말했다.

"주인님은 아무것도 명령하지 않으시네요."

"그, 그런가?"

그보다 아직도 무슨 말을 하면 좋을지 알 수 없다는 게 문제였다. 할 일을 주고 싶어도 무슨 명령을 내리면 좋을지도 모르겠다.

네피의 표정은 그대로였지만, 그래도 무언가를 확인하는 것처럼 고개를 끄덕였다.

"주인님, 제가 주인님께 도움이 되고자 하는 것을 허락해 주시겠어요?"

네피가 처음으로 자신이 원하는 것을 입에 담은 순간이었다.

하지만 신기하게도 그런 말을 하는 데도 아양을 떤다는 느낌은 들지 않았다.

분명 소망을 가지는 것조차 주저하게 되는 곳에 있었을 것이다.

——그런데도 자신이 아니라 나에게 도움이 되는 일을 하고 싶다니.

이때만큼은 자간도 자연스럽게 대답할 수 있었다.

"허락하지. 네가 원하는 대로 해."

……결국 건방진 투로 말하는 게 고작이었지만.

그래도 네피는 진지한 얼굴로 고개를 끄덕였다.

"네. 최선을 다하겠습니다."

너무 딱딱한 대답이었지만 자신의 뜻을 보여줬다는 사실이 기뻤다.

"으, 음. 부탁하마."

괜히 멋쩍어져서 포크로 토마토를 찔렀더니 이번에는 제대로 잘 꽂혔다.

자간은 그것을 입으로 가져가려다가 무슨 생각이 났는지 네피를 향해 내밀었다.

"……?"

네피는 그 행동의 의미를 모르겠다는 듯 고개를 갸웃거렸다.

――방금 네가 했던 거잖아.

혹시 아무 자각 없이 한 일인가? 그렇게 보기엔 쑥스러워하는 것 같던데.

하지만 쑥스러운 건 자간도 마찬가지였다. 장시간 이 자세를 유지하는 건 마술의 힘을 빌리더라도 힘들었다.

"마음에 들어하는 것 같던데 어서 먹어라."

그렇게 말하자 네피도 아까 자신이 한 일에 대한 보답이라는 것을 깨달은 것 같았다.

귀뿐만 아니라 뺨까지 빨개져서 머뭇머뭇 입을 연다.

분홍색 입술이 열리자 새하얀 이가 살짝 보였다. 그 안에서 뻗어 나오는 혀가 야릇해 보였다. 혀끝이 새빨간 토마토에 닿더니 신음 소리를 흘리면서 입안으로 가져갔다.

포크가 빠져나간 곳에서 과즙이 흘러내려 소녀의 턱을 적셨다.

쑥스러움을 참기 힘든지 네피는 얼굴을 가렸다.

왠지 괴롭히고 있는 것 같은 기분이다. 그러나 자간은 반성은커녕 그 얼굴이 더 보고 싶어졌다.

"어때?"

여보란 듯 물어보자 착실한 네피는 손가락 사이로 얼굴을 살짝 보이며 고개를 끄덕였다.

"……맛있, 어요."

"……그래."

자신이 해놓고도 왠지 해선 안 되는 일을 한 것만 같은 기분이 들었다.

하지만 가게 안에 있는 사람들이 그런 두 사람을 구경하고 있다는 걸 깨닫게 되어 서둘러 가게를 뒤로했다.

아직 서툴기만 한 두 사람은 일단 서로를 주종 관계로 인식하는 것으로 마무리를 지었다.

그러니까 일주일 전——자간과 네피가 처음 만난 날 아침에 있었던 일이다.

최근 무역 도시 큐아노에이데스에서 젊은 여자만 노린 연쇄 납치 사건이 일어나고 있었다. 범인은 복수의 마술사로 소녀들을 산제물로 삼아 무시무시한 마술을 벌이려 했다고 한다.

샤스틸 일행은 그 범인을 잡기 위한 토벌대였다.

사건을 주동한 마술사들을 물리치고 붙잡힌 소녀들을 구출해서 그야말로 영웅으로 개선하기——직전이었다.

구출한 소녀들은 교회의 증원 병력에게 맡기고 한발 먼저 큐아노에이데스로 귀환하는 도중, 샤스틸도 이른 아침에 막 목욕을 마친 참이라 무기를 갖추고 있지 않은 상황이었다.

그때까지 자신의 뒤를 지켜주던 남자가 갑자기 검을 빼 들고 동료들을 공격한 것이다. 다른 동료의 도움으로 간신히 그곳에서 도망칠 수 있었지만 제대로 된 무기도 없이 금세 궁지에 몰리고 말았다.

그러나 그 남자는 마술사에게 살가죽이 벗겨진 것이었고, 범인은 그것을 뒤집어쓴 다른 사람이었다. 훗날 강변으로 밀려온 그의 시체가 발견되었다.

샤스틸도 그와 똑같은……, 아니, 더 심한 말로를 맞이할 수도 있었지만 '누군가'가 그녀를 구해주었다.

——꿈은, 아니겠지.

자신을 습격한 남자보다 훨씬 잔인한 눈을 한 남자였다. 악당이긴 해도 목숨을 구걸하는 사람을 망설임 없이 죽였다.

그렇지만.

——왠지 쓸쓸해 보이기도 했어.

조금 알아봤더니 그가 자간이라는 이름을 가진 마술사라는 것을 금방 알 수 있었다.

그 후로 어째서인지 샤스틸은 그만 생각하게 되었다.

그렇다, 그날 아침, 미혹의 숲에서 습격을 받았을 때 자간 덕분에 피를 흠뻑 뒤집어쓰고 살아난 사람이 샤스틸이었다.

붉은 머리를 흔들며 책상에 엎드렸다.

"하아……."

그리고 이런 한숨이 흘러나왔다.

"고민이라도 있나, 성기사장 샤스틸?"

갑자기 뒤에서 들리는 목소리에 깜짝 놀라 벌떡 일어났다.

"시, 실례했습니다, 크라벨 예하(猊下)."

그곳에 있는 사람은 최고위 신관 예복을 입은 노인이었다. 추기경——사실상 교회의 최고위 인사 중 한 명으로 샤스틸의 직속 상사이기도 하다.

노인은 온화한 미소를 지으며 고개를 옆으로 흔들었다.

"그렇게 딱딱하게 굴지 말게. 연쇄 납치 사건의 범인을 토벌한

영웅이 나를 그렇게 어렵게 대하면 민중의 적의가 어디를 향하겠나. 하물며 자네는 성검의 소녀가 아닌가?"

성검의 소녀――샤스틸에게 주어진 칭호였다.

마술사의 마법진을 베어서 가르고 마술을 무효화시키며 열두 개가 다 모이면 〈마왕〉도 쓰러뜨릴 수 있다고 하는 교회 최강의 검을 받은 자의 이름이다.

지금 샤스틸은 자간의 도움을 받았을 때와는 달리 세례 갑옷을 입고 있고, 옆에는 자신의 키만큼 큰 검이 세워져 있었다. 마술사와 싸우기 위한 장비이자 이런 의례적인 자리에서 입는 정장이기도 했다.

샤스틸은 고개를 가로저었다.

"……예하께서 맡기신 성기사 넷을 잃었습니다. 제 미숙함으로 인한 실책이지요. 그런 제가 어떻게 찬사를 받을 수 있겠습니까."

마이어스, 에밀리오, 쟈미르, 드랭, 자긍심 높고 용감한 성기사들이었다.

그날 아침, 불의의 습격만 없었다면 그 마술사를 상대로 물러나지 않고 싸워서 승리했을 것이다.

납치 사건의 범인들은 모두 처리했다는 샤스틸의 방심이 불러온 참극이었다.

늙은 추기경은 자애롭게 고개를 옆으로 흔들었다.

"자네 탓이 아니야. 원망해야 하는 건 무시무시한 마술을 다루는 마술사들이다. 자네는 동료들의 복수를 훌륭히 마치고 귀환했네. 가슴을 펴고 자랑스럽게 생각해도 돼."

"……네."

샤스틸은 복잡한 표정으로 고개를 끄덕였다.

동료들의 복수를 한 사람은 자신이 아니다. 지나가던 마술사가 했다. 그가 없었다면 샤스틸도 지금 여기 없을 것이다.

그런데 여기서 칭찬을 받고 있는 사람은 샤스틸이었다.

샤스틸은 경건한 교회 신자이긴 하지만 교회라는 조직이 그들이 주장하는 것만큼 신성한 존재가 아니라는 것도 알고 있었다. 성검에 대한 적성을 인정받아 성기사장이라는 자리에 앉게 되었어도 자신의 의지를 포기한 것은 아니다.

해야 할 말과 그렇지 않은 말의 구분 정도는 할 줄 안다.

추기경은 샤스틸을 가만히 바라보았다.

"샤스틸, 마술사 자간에 대해 알아보고 있다고 들었다만."

"네."

고개를 끄덕인 샤스틸은 확실하게 대답했다.

"마이어스로 위장해 우리를 습격한 마술사는 **자신의 이름이 자간이라고 했습니다**."

샤스틸을 공격한 마술사는 자신의 이름을 그렇게 밝혔다.

즉, 그의 이름을 사칭하고 다니며 악행을 저질렀던 것이다.

샤스틸이 자간에 대해 알아보고 있는 건 그 누명을 벗겨주고 싶은 마음 때문이기도 했다.

추기경에게 조사한 서류를 펼쳐 보였다.

“하지만 조사해보니 자간이라는 마술사와는 아무 관계도 없는 다른 사람인 것 같습니다.”

추기경은 그 사실을 알고 있었던 것처럼 고개를 끄덕였다.

“아마 〈스킨 오프〉라 불리는 마술사일 게다. 그 이름대로 사람의 살가죽을 벗겨서 무서운 마술을 부리는 자인데 이미 토벌 명령이 내려져 있지. 아무래도 이번 납치 사건에도 가담한 것 같구나.”

그 말을 듣고서야 추기경도 이번 사건에 대해 조사하고 있었다는 것을 알았다.

“샤스틸, 이 사건은 아직 끝나지 않았다. 우리가 밝혀낸 마술사 외에 아직 진범이 있는 것 같다.”

“……또 피해자가 나온 겁니까?”

추기경은 마치 그녀를 달래는 것처럼 고개를 가로저었다.

“조급해하지 마라, 샤스틸. 자네들의 활약으로 마술사들의 계획은 분명 저지되었어. ……허나 마술사들의 아지트를 조사하면서 우리가 미처 못 보고 놓친 진범이 있다는 것을 알았지.”

샤스틸을 습격한 〈스킨 오프〉 외에도 아직 범인이 남아 있다.

──그렇다면 동료들의 복수를 할 기회가 아직 있다는 뜻인가?

긴장한 나머지 마른침을 삼키자 추기경은 엄숙하게 그 이름을 불렀다.

“마술사 자간──최근 들어 무서운 속도로 힘을 얻고 있는 마술사다.”

"무슨——."

샤스틸은 자신도 모르게 외쳤다.

"그 남자는 범인과는 별개의 사람이에요!"

"아무 관계도 없는 마술사의 이름이 같은 사건에서 두 번이나 나왔다. 우연일 리가 없어."

추기경은 무거운 어조로 게다가, 라고 말을 이어갔다.

"마술사는 악이다. 뿌리를 뽑아야 해. 설사 사건과 아무 관계가 없다 해도 처단해야 할 악이라는 사실에는 변함이 없다. 따라서 우리 큐아노에이데스 지부는 마술사 자간의 토벌을 결행한다."

"——!"

그것은 교회가 내세우고 있는 절대 준수의 계율이다.

저주라고 바꿔 말할 수도 있을 것이다.

——교회는 마술사를 말살시킬 때까지 계속해서 마술사를 사냥한다.

자간이 누명을 썼다 해도 교회가 사냥하기로 결정한 이상 철회되는 일은 없다. 설령 샤스틸 같은 성검 소지자가 패해서 수천수만 명에 이르는 시체가 산더미처럼 쌓이더라도 교회는 마술사를 죽일 때까지 멈추지 않을 것이다.

여기서 샤스틸이 무죄를 주장해봤자 아무 소용도 없다.

잘못하면 반역자로 몰려서 이단 재판에 회부될 수도 있었다.

——내 목숨이 아까운 건 아니지만 그래서는 아무 일도 하지 않은 것과 똑같아.

생명의 은인에게 은혜를 갚고 싶다면 여기서 난동을 부려서 붙

잡히는 어리석은 짓을 저질러선 안 된다.

그를 지킬 수 있는, 또는 도망치게 해줄 수 있는 수단을 강구해야만 한다.

샤스틸은 잠시 눈을 감았다가 의연하게 입을 열었다.

"그렇다면 예하, 자간 토벌의 임무를 부디 성기사장 샤스틸에게 맡겨주십시오. 지난번에 저지른 실수의 오명을 씻을 기회를 주십시오."

그러자 추기경도 "오오……"라며 감탄했다.

"암, 그래야 우리 성기사장, 성검의 소녀지."

샤스틸은 파멸하게 될지도 모른다.

그래도 샤스틸에게는 신념이 있었다.

교회에 등을 돌리는 결과가 되더라도 양보할 수 없는 것이 있다.

고마워하는 사람이 아무도 없더라도, 세상 모든 사람들이 침을 뱉더라도 제 몸 하나 아끼자고 신념을 버릴 바에는 끝까지 신념을 지키고 죽는 것을 선택할 것이다.

그런 소녀이기 때문에 17세의 젊은 나이에 성검이라는 힘을 얻게 된 것일지도 모른다.

게다가.

──그 남자는 굉장히 쓸쓸한 눈을 하고 있었어.

마음속으로는 따뜻한 온기를 원하고 있지만 그것을 인정하고 싶지 않아서 모든 것을 내치고 있는 것 같은, 길 잃은 들개를 닮은 눈동자를 가지고 있었다.

그때 진정으로 도움을 필요로 하고 있던 사람은 샤스틸이 아니라 오히려 그가 아니었을까. 그런 생각이 들 만큼…….

그래서 샤스틸은 이 임무를 자신이 맡기로 한 것이다.

◇

"일어나셨어요, 주인님?"

자간은 기본적으로 앉아서 잠을 잔다.

성에 있는 옥좌는 결계의 중심이자 모든 기능이 집중되는 거점이기도 하기 때문이다. 그곳에 앉아 있으면 어떤 공격을 받더라도 일격에 목숨을 잃을 일은 없다. 무엇보다 수상한 기척이 다가오면 제일 먼저 감지할 수 있다.

즉, 반석 같은 방어 체계를 갖춘 거성(居城) 안에서도 그야말로 만전의 태세를 갖춘 공간이 바로 옥좌였다.

게다가 누워 있는 것보다는 앉아 있어야 유사시에 즉시 반응할 수 있다.

그렇다 보니 어느새 이곳에서 자는 게 습관이 되었다.

그렇게 여느 때와 같은 아침이었다.

"좋은 아침이에요, 주인님."

시녀 차림을 한 네피가 그렇게 맞아주었다.

네피 때문에 깬 건 아니었다.

"으, 음."

자간이 대답하자 네피는 허리를 꾸벅 숙였다.

"식당에 아침 식사 준비를 해두었습니다. 지금 드시겠어요?"

"아, 아침 식사? 네가 만든 거야?"

"네."

어제 아침 식사를 만들겠다는 말을 하긴 했지만 다음 날 당장 그럴 줄은 몰랐다.

그리고 문득 떠오른 의문 하나.

"혹시 거기서 계속 기다리고 있었나?"

"네."

"……깨우지 그랬어!"

"곤히 잠드신 것 같아서 그만."

듣고 보니 자간도 의아했다.

──바로 앞에 다른 사람이 있는데도 잠에서 깨지 않았다니, 거참 이상하네.

하루 안 잤다고 이렇게 깊이 잠든 적은 없었는데.

고개를 갸웃거리다가 네피가 계속 서 있다는 사실이 떠올랐다.

"그런 곳에 서 있으면 피곤하지 않아?"

"괜찮습니다. 신발에 부여된 마력 덕분이 아닐까 싶어요."

그러고 보니 옷가게 점원이 이 부츠에는 피로를 경감시키는 힘이 있다고 했다. 효과 하나는 확실한 모양이다.

"줄곧 그러고 기다리고 있었던 건가?"

"아뇨, 주인님의 얼굴을 보고 있었습니다."

"그, 그래……."

마주한 상황에서 그런 말을 들은 자간은 그만 얼굴을 감싸고 싶어졌다.

하지만 모처럼 식사를 준비해줬는데 계속 기다리게 할 수도 없는 노릇이다.

"조식이었지?"

"네."

자간이 자리에서 일어나자 네피도 길을 비키며 허리를 숙였다.

이미 프로페셔널한 시녀 같은 모습이었다.

성의 식당으로 향하려던 자간이 갑자기 '아'하는 소리를 흘렸다.

"……? 무슨 일이라도 있으신가요?"

"저기, 네피."

"네."

자간은 눈을 동그랗게 뜬 채 고개를 갸웃거리는 소녀를 향해 목덜미를 긁적이며 머뭇머뭇 말했다.

"……좋은 아침이다, 네피."

어제는 대답해주지 못했던 말이다.

네피는 의외였는지 두 번 눈을 깜빡거리더니 기뻐하며 말했다.

"네. 좋은 아침이에요, 주인님."

왠지 가슴이 따뜻해지는 것 같은 묘한 기분이 들었다.

◇

현관홀로 내려가 오른쪽에 있는 문을 열면 식당이다.

넓은 식당 안에는 20명은 족히 앉을 수 있을 법한 긴 테이블 하나가 놓여 있고, 바로 위에는 화려한 샹들리에가 달려 있었다.

이곳도 거미줄과 백골 사체가 나뒹구는 묘지 같은 곳이었을 텐데 지금은 거짓말처럼 깨끗하게 정리되어 있었다. 테이블보도 새 물건처럼 주름 하나 없었다.

네피는 일이 주어지면 기민하게 움직이는 스타일인 것 같았다.

깨끗해진 테이블 위에 놓여 있는 것은 오일을 뿌린 샐러드와 폭신폭신한 빵이었다. 그리고 빈 접시가 하나 있었는데, 네피가 접시에 따뜻한 스프를 따라주었다. 자간이 금방 일어나지 않을 경우를 생각해서 이렇게 마련해둔 것 같았다.

양은 얼마 되지 않았지만 영양의 균형이 잘 잡힌 메뉴인 건 자간도 알 수 있었다.

그 순간 자간이 고개를 갸웃거렸다.

"어라? 어제 빵을 샀던가?"

"아뇨. 방금 구운 겁니다."

"빵을 만들 줄 알아? 직접?"

자간의 믿기지 않는다는 표정을 본 네피는 작은 새처럼 고개를 갸웃거렸다.

"이상한가요?"

"모르겠다. 이런 걸 만들 수 있는 사람을 만난 건 처음이라서 말이야. 적어도 내 주위에는 이렇게 맛있는 음식을 만들 줄 아는 사람이 없었다."

"그런가요?"

억양이 없는 목소리로 중얼거렸지만 소녀의 뾰족한 귀가 움찔 떨리는 것을 자간의 눈은 놓치지 않았다.

——혹시 기뻐하는 건가?

쑥스러워할 때는 분명 귀 끝이 빨개지긴 했었다.

눈은 입만큼이나 많은 이야기를 한다는 말이 있는데 네피의 경우에는 귀를 보는 게 더 알기 쉬울지도 모르겠다.

그런 발견을 흐뭇하게 생각하고 있다가 네피가 계속 서 있다는 사실을 깨달았다.

테이블 위에는 자간이 먹을 몫밖에 준비되어 있지 않았다.

"네피, 넌 벌써 먹었나?"

"아뇨."

"그럼 너도 같이 먹어라."

혼자 먹는 것도 영 마음이 불편해서 싫다.

네피는 곤혹스러운 듯 몸을 살짝 움찔거렸다.

"왜 그러지?"

"그게……. 주인님이 드실 것밖에 만들지 않았어요."

"넌 먹지 않을 생각이었고?"

"아니에요. 그만 깜빡한 바람에."

네피다운 이야기였다.

이렇게 기특한 소녀를 놔두고 혼자만 식사를 할 수는 없었다.

"그러면 반으로 나누면 되잖아?"

자간은 빵을 반으로 잘랐다.

갓 구운 빵은 아직 따뜻한 기운이 남아 있어서 실처럼 길게 늘어지면서 천천히 좌우로 갈라졌다. 구수한 냄새가 코를 간질이자 자기도 모르게 '하아' 하고 한숨이 흘러나왔다.

그런데도 네피는 자리에 앉으려 하지 않았다.

"그만 앉지 그래?"

"……저, 주인님이 앉으실 의자밖에, 준비하지 못해서요."

원래 이곳은 식사를 할 수 있는 환경이 아닐 정도로 더러웠다. 그런 곳을 청소하고 요리까지 만들었으니 의자를 준비할 틈이 없을 만도 했다.

자간이라면 더러워도 신경 쓰지 않고 앉을 테지만 다른 의자는 모두 치워두고 없었다.

――내가 테이블에 앉고 의자를 양보하면……. 아니, 네피가 깨끗하게 청소한 테이블에 앉을 순 없지.

그렇지만 의자 대신 앉을 만한 것은 보이지 않았다.

차라리 의자를 반으로 나눌까. 하지만 의자의 구조는 그리 간단한 게 아니다. 둘이 나란히 굴러 떨어질 게 뻔했다.

――아니지, 앉을 수 있지 않나?

의자를 반으로 나누는 건 불가능해도 무릎 위에 앉는 건 괜찮지 않을까?

네피의 체중 정도라면 식사를 하는 동안 무릎 위에 앉혀두는 것도 별로 힘들지 않을 것 같았고, 두 사람 모두 요리를 마주 보고 앉아 먹을 수 있으니 좋은 아이디어 아닌가?

생각해보면 이 당시의 자간은 잠에서 깬 지 얼마 되지 않아 아직 잠기운에 취해 있었던 건지도 모른다.

그래서 그게 가장 좋은 방법이라고 믿어 의심치 않았다.

자신의 생각을 확인한 다음, 흐음 하고 고개를 끄덕였다.

"그럼 여기 앉도록 해."

"여, 여기, 라면……?"

네피는 멈칫했다.

네피가 당황해서 중얼거리자 자간은 자신의 무릎을 척 하고 가리켰다.

자간의 무릎 위에 앉으라고 하자 네피의 감청색 눈동자에 동요의 빛이 떠올랐다. 기분 탓인지 새하얀 머리카락 끝까지 긴장한 것처럼 보였다.

소녀의 반응을 보고 나서야 자신이 이상한 말을 했다는 것을 깨달았다.

——어라? 무릎 위에 앉는 건 거의 끌어안고 있는 것이나 마찬가지잖아?

그제야 정신을 차리고 자신이 무슨 말을 했는지 생각하니 차라리 죽고 싶어졌다.

시녀 차림을 한 소녀는 과감하게 입을 열었다.

"그런 무례는 범할 수 없습니다."

당연히 그렇겠지.

그리고 지금 이 자리에서 가장 적절한 대답이기도 했다. 이제 자간이 수긍하기만 하면 모든 게 다 해결된다.

하지만 동요하던 자간은 네피의 재치 있는 대답을 듣고도 쓸데없이 고집을 부렸다.

“신경 쓰지 마. 내가 괜찮다고 하잖아.”

──여기서 계속 우겨대서 어쩌겠다는 거냐아아아아!

자신의 잘못을 인정하고 싶지 않은 건지 뭔지, 찢을 수만 있다면 이 입을 찢어버리고 싶었다.

“그, 그치만…….”

네피의 귀 끝이 빨갛게 물들었다. 눈물이 살짝 맺힌 그 얼굴을 보고 있으니…….

──왜일까. 좀 더 몰아붙이고 싶은 기분이 들기 시작했다.

심술 맞은 성격이라는 건 알고 있었지만 이렇게 동요하는 모습을 보니 더 보고 싶어졌다.

자간은 헛기침을 한 다음 다시 자신의 무릎을 두드렸다.

“어서 앉아. 이러다 음식 다 식겠어.”

“하아…….”

가냘픈 한숨과 함께 뾰족한 귀가 축 아래로 처졌다.

단념한 모양이다.

“주인님의 분부대로…….”

네피가 머뭇거리며 자간의 무릎에 앉았다.

──진짜 앉았다!

스커트 너머로 엉덩이의 부드러운 감촉이 느껴졌다. 그대로 뒤

에서 꽉 끌어안은 채 마구 어루만지고 싶었다.

자간은 자기도 모르게 꿀꺽 침을 삼켰다.

그래도 명령한 체면도 있고 해서 평정을 가장한 채 빵을 한 조각 뜯어서 내밀었다.

"자, 어서 먹어라."

"……주인님, 부끄러, 워요."

네피의 귀는 아래쪽까지 새빨개져 있었다.

"음. 보면 알아."

"……주인님, 너무 짓궂으세요."

울먹이는 목소리로 중얼거린 네피는 자간의 손바닥으로 얼굴을 가까이 가져갔다.

그리고 분홍색 입술로 빵 조각을 물었다.

"저, 나머지는 제가 직접 먹을게요……."

"그, 그래."

부끄러워하는 네피를 더 보고 싶긴 했지만 자간도 죄책감과 수치심으로 인해 슬슬 정신적 한계에 달하고 있었다.

그리고 네피가 뾰족한 귀를 움찔거리는 게 보였다.

부끄러운 건 부끄러운 거지만 그 정도로 싫어하는 것도 아닌 것 같았다.

자간은 왠지 마음이 놓여서 말했다.

"다음부터 식사는 네 몫까지 준비하도록 해."

"……네."

"뭐, 다음에도 이렇게 먹는 것도 괜찮지만."

"준비하겠습니다."

결연한 대답이었다.

자간도 스프가 식기 전에 먹으려고 하는데——네피가 옆에서 재빨리 스푼을 먼저 들었다.

"네피?"

눈썹을 찡그리자 시녀 차림을 한 소녀는 스푼으로 스프를 떴다.

그리고 후우 불어서 식힌 다음 자간을 향해 내밀었다.

"자, 어서 드세요, 주인님."

그 표정은 변함없이 무기질적이었지만 기분 탓인지 화난 것처럼 보이기도 했다.

——방금 일에 대한 복수인가.

하지만 뭐랄까, 하고 있는 본인도 부끄러워하는 것 같았다.

귀 끝은 불에 덴 것처럼 빨갛고 스푼을 쥔 손도 작게 떨렸다. 그 스푼도 기특하게 후우 불어서 식혀준 걸 생각하면 오히려 복수보다는 상처럼 느껴졌다.

——이건 이것대로 매번 해줬으면 좋겠는걸.

그래서 자간도 네피가 시키는 대로 입을 벌렸다.

서투른 손놀림으로 입에 스푼을 가져가는 네피.

새끼양 고기와 뿌리채소를 우유로 조린 것이었는데, 목 너머로 삼키고 나니 뱃속부터 따뜻해지는 것 같은 느낌이 들었다.

"따뜻하군."

"네?"

"아, 아니, 스프 말이다."

물론 무릎 위에 앉은 네피도 따뜻했지만 허둥지둥 부정했다.
네피는 당황하는 눈치였지만 이내 천천히 고개를 끄덕였다.
"……네. 따뜻, 하네요."
무언가를 음미하는 것처럼 네피도 그렇게 말했다.
——앞으로 이런 시간이 계속되면 좋겠다.
진심으로 그런 생각이 드는 시간이었다.

◇

그날은 네피의 침실을 정리하다 끝나고 말았다.
청소는 자기가 직접 하겠다고 고집을 부렸지만 그녀의 가냘픈 팔로 가구처럼 무거운 짐까지 옮기는 건 여간 힘든 일이 아니다. 침대와 옷장 같은 건 자간이 옮겨주었다.
그렇지만 옷이라고 해봤자 처음에 입고 있던 드레스와 시녀복, 그리고 속옷 몇 가지가 전부였다. 이것저것 조금 더 마련해주고 싶었다.
——돈을 마련할 계획을 세워야겠군.
마술에 관한 지식을 파는 것이 큰돈을 벌 수 있는 제일 좋은 방법이지만 꼬리가 잡히기 쉬워진다는 단점이 있다. 혼자 지낼 때라면 몰라도 지금은 교회가 끼어들어서 만에 하나 네피에게 무슨 일이라도 생기면 적을 모두 죽이더라도 돌이킬 수 없어진다.
그렇다면 얼마 전에 있었던 노상강도 사건에서 경호원 노릇을 해준 것처럼 고용되어 일하는 게 가장 빠르고 간단한 방법이지만,

그건 그것대로 일에 매달려 있어야 하는 시간이 길어서 성으로 돌아오지 못하는 날이 계속될 터였다.

돈으로 살 수 없는 것도 있다고 하지만 돈이 없으면 생활하기 힘들어지는 것이 현실이다.

마차를 도와주고 받은 사례금이 아직 조금 남아 있어서 당장 먹을 것이 없어 곤란할 일은 없겠지만 하루라도 빨리 대책을 세워야만 했다.

그렇게 네피와 둘이서 성을 청소하면서 며칠이 지났을 즈음이었다.

여느 때처럼 성의 서고에서 마술서를 펼친 자간을 보고 네피가 이런 질문을 했다.

"주인님은 늘 무슨 연구를 하시는 건가요?"

자간은 네피와 함께하는 생활에 흠뻑 빠져 지내면서도 마술 연구를 게을리 하지 않았다.

네피가 식사와 청소를 야무지게 잘해주는 덕분에 네피를 조금 거들어주어도 오히려 연구는 전보다 순조롭게 진행되었다.

자간은 반대로 고개를 갸웃거렸다.

"무슨 연구를 하고 있냐니, 마술 말고 달리 뭐가 있겠어?"

"그럴 거라 생각하고 있지만, 그 그림을 그리는 데 어떤 의미가 있는지 몰라서……."

그 말을 듣자 자간도 눈을 커다랗게 뜰 수밖에 없었다.

"엘프의 마술은 이것과 다른가?"

네피는 새하얀 머리를 흔들며 고개를 옆으로 저었다.

"전 **마술은** 사용할 줄 몰라요."

예상치 못한 대답이었다.

——다른 사람보다 월등히 뛰어난 마력을 가지고 있을 텐데.

아까웠다.

하지만 그렇다면, 하고 자간은 그리고 있던 마법진을 가리켰다.

"이건 마법진이라고 하는 것이다. 마술사가 자신이 생각한 것을 현상으로 일으키기 위한 '설계도'라 할 수 있지."

"설계도……, 라고요?"

처음 듣는 단어인 듯했다. 자간은 순서대로 설명하기 시작했다.

"예를 들어 마을에 물레방아나 마차 같은 도구가 있는 걸 봤지? 그건 단순한 칼이나 망치와 달리 많은 부품으로 이루어져 있어. 그런 부품은 모양이 일정하지 않으면 제대로 기능하지 않기 때문에 그것을 통일하기 위해 치수를 기록하고 정리한 그림이 바로 설계도다."

마차는 바퀴의 크기부터 문, 좌석에 이르기까지 많은 목재와 못, 쇠장식 등이 사용된다. 물레방아는 그보다 더 복잡해서 톱니바퀴의 톱니 개수와 크기까지 기재되어 있어야 한다. 그건 감으로 할 수 있는 게 아니기 때문에 누구든 한눈에 알 수 있는 그림과 표가 필요하다.

네피는 그렇구나, 라며 고개를 끄덕였다.

"사실 따지고 보면 마술이라는 것도 그것과 별반 다르지 않아.

우선 이런 식으로 마법진이라는 설계도를 그리는 거지."

그렇게 말하며 먼지가 잔뜩 쌓인 바닥에 손가락으로 문양을 그리는 자간.

"이런 문양(심볼)이 힘을 가진다는 개념이 있다. 교회 같은 곳에서 내세우는 십자 문양도 같은 거지. 신들이 남긴 문자니 악마와 계약한 증거라느니 하지만 실제로 어떤지는 나도 몰라."

어쩌면 거기에 힘이나 신이 있다고 믿는 인간의 사념이 힘을 만들어내는 것인지도 모른다.

마술을 접해보면 세계라는 것이 얼마나 불확실하고 모호한 구조로 이루어져 있는지 알 수 있다.

뒤이어 방금 그린 문양을 원으로 감쌌다.

"이게 가장 간단한 형태의 마법진이다. 이 녀석은 번개를 일으키기 위한 마법진인데 마력을 흘려 넣으면 이렇게 되지."

"앗, 저기."

그 자리에서 사용할 줄은 몰랐던 네피가 당황해서 불렀다.

그럼에도 자간이 마법진에 손을 대자 작은 불꽃이 파직파직 튀었다.

얼이 빠진 것처럼 눈만 깜빡거리는 네피.

"이것이, 번개인가요?"

"그래. 그래봤자 금방 공기 중에 흩어지기 때문에 번갯불도 제대로 보이지 않지만."

"네……."

애매한 대답을 하는 네피를 보니 미소가 새어나올 것 같았다.

"이것만 가지고는 수면 위에 나뭇잎을 띄우는 것과 다를 게 없어. 부싯돌도 그냥 때리기만 해선 불이 일어나지 않잖아? 그렇기 때문에 여기에 효과를 크게 해주는 문양, 힘의 방향을 지정하는 문양, 범위를 지정하는 문양, 발현 시간을 규정하는 문양 따위를 추가하는 거지."

천둥의 문양을 에워싸는 것처럼 몇몇 문양을 늘어놓은 다음 그것들을 다시 원으로 감싼다.

"자, 이러면 그럴싸한 현상을 일으킬 수 있지."

"꺄악!"

마력을 흘려 넣자 이번에는 천장에서 한줄기 전광이 내려왔다.

작은 비명을 지르는 네피를 본 자간의 입에서 웃음소리가 흘러나왔다.

"미안, 미안. 하지만 이 상태로 두면 마력을 넣기만 하면 누구든 사용할 수 있어. 모처럼 마법진을 그렸는데 자신이 사용하기 전에 적에게 빼앗기면 의미가 없잖아? 그렇기 때문에 이 다음에는 자신만 사용할 수 있는 제약을 걸어두는 거야."

말하자면 마술을 지키기 위한 마술이다.

얼마 전에 발바로스가 결계 안으로 침입해왔을 때도, 자간이 적의 마술을 무력화했을 때도 이 부분을 다시 그려서 마법진을 빼앗았다.

"이건 복잡하게 해두지 않으면 금방 다른 마술사에게 빼앗겨. 그렇기 때문에 여기서부터 마술사의 실력을 확인할 수 있는 거야. 그리고 이런 마법진의 구조를 '회로'라고 부르지."

핵이 되는 문양에 얼마나 효율적이고 방어력이 높은 회로를 짜 넣을 수 있는가, 이것으로 마술사의 실력이 드러난다.

마법진을 주문으로 바꾸는 것도 그 수단 중 하나라 할 수 있을 것이다.

그러자 네피가 흥미진진한 얼굴로 마법진을 바라봤다.

"왜 그러지?"

"아뇨, 주인님은 바깥쪽에 '회로'를 더하셨는데 안쪽에 더할 수는 없나 해서요."

오오, 자간의 입에서 감탄사가 흘러나왔다.

"좋은 지적이야. 답은 불가능하지만 가능하다, 라고 할 수 있지."

"……?"

그게 무슨 해괴한 말이냐는 듯 네피가 고개를 갸웃거렸다.

자간은 재미있다는 듯 이야기를 이어갔다.

"그건 한 번 완성한 마법진 안에 다른 마법진을 만드는 것을 의미해. 그렇게 하면 마력의 흐름이 혼란스러워져서 양쪽 다 발동하지 않거나 폭발하게 되고. 하지만 마술 자체도 마력의 힘의 흐름이기 때문에 이론상으로는 가능하긴 하지."

네피는 잠깐 생각에 잠겼다.

그리고 확신이 없는 얼굴로 입을 열었다.

"발동한 마술을 다시 제어한다는 뜻인가요?"

이번에야말로 자간의 눈이 휘둥그레졌다.

"정답이다. 그리고 그게 가능한 녀석이 있다면 어떤 마술도 그

녀석에게 닿지 못하게 되지."

마술에 의한 모든 공격이 그 마술사의 에너지원이 되는 셈이다. 마법진을 탈취하는 것과는 비교할 수가 없다. 가위바위보에서 상대가 낸 것을 보고 내는 것이나 다름없다.

게다가 마술 자체는 아무런 문제없이 발동하기 때문에 막을 방법도 없다.

"즉――이론상 최강의 마술사라는 뜻이다."

그래봤자, 라며 자간은 어깨를 으쓱였다.

"이론은 어디까지나 이론이다. 그렇게 간단히 할 수 있는 거라면 누가 고생을 하겠어."

"……? 마술사는 수명도 길고 마술 연구에 모든 것을 바친다고 들었는데, 그래도 불가능한 거예요?"

"그보다는 그런 걸 성실하게 연구하는 사람이 아무도 없으니까 그런 거다."

네피는 더더욱 무슨 말인지 이해가 되지 않는 것처럼 고개를 기울였다.

"마술사는 용병이나 기사 같은 전쟁광이 아니다. 불로불사가 되고 싶다거나 마술이 어디까지 기적을 일으킬 수 있는가, 또는 죽은 사람을 되살리는 것은 가능한가, 그런 것들만을 위해 연구하는 인간이야."

즉 마술사라는 인종은 철두철미하게 자신밖에 생각하지 않는다.

자기 안에서만 성과를 추구하는 인간은 타인과의 경쟁에서도 의미를 느끼지 못한다.

"물론 저번에 본 마술사처럼 다른 사람에게 고용된 자나 전쟁에 협력하는 자도 있어. 그렇지만 그건 수단이지 목적이 아니야. 마술 연구에는 돈이 들거든. 그 돈을 벌기 위해 하고 있을 뿐이지."

네피가 무슨 말인가 하고 싶은 것처럼 입을 열었다.

"……마술로 고문을 한다는 이야기를 들은 적이 있어요."

"있지. 기분 전환이나 심심풀이로 그런 짓을 하는 멍청한 놈들이. 하지만 그런 짓이나 하려고 마술을 배우는 녀석은 없어. 마술보다 더 효율적인 고문 도구가 얼마나 많은데."

고문 도구의 역사는 길다. 비밀을 얻기 위해, 자백을 받아내기 위해, 아주 먼 옛날부터 끊임없이 필요로 해왔기 때문에.

대부분 정리하긴 했지만 이 성에도 산더미처럼 많은 고문 도구가 있다.

인간의 고통과 증오를 촉매로 사용하는 마술도 존재하기 때문이다.

"하던 이야기로 다시 돌아와서, 아까 말한 최강의 마술이라는 건 마술사와 싸우기 위한 마술이다. 다른 마술사의 연구를 빼앗는 데에는 사용할 수 있을지도 모르지만 그 이상은 쓸모가 없지. 그래서 아무도 연구하려 하지 않았던 거고."

——뭐, 진짜로 연구하는 바보도 없는 건 아니지만…….

그런 이야기는 해봤자 아무 의미도 없다는 생각에 아무 말도 하지 않았다.

거기까지 설명해주자 네피도 납득한 것처럼 고개를 끄덕였다.

하지만 아직 석연치 않은 듯 중얼거렸다.

"마술의 원리는 알 것 같아요. 그렇지만……."

"뭐지? 말해도 돼."

네피는 이상하다는 듯 이렇게 말했다.

"그런 거라면 구조만 알면 누구나 다룰 수 있지 않나요?"

——엘프라는 것과는 상관없이 네피에겐 마술에 대한 센스가 있군.

이 목걸이만 없으면 분명 뛰어난 마술사가 될 수 있을 것이다. 어쩌면 자간보다 더.

날카로운 지적에 자간은 똑똑한 학생을 칭찬하는 것처럼 고개를 끄덕여 보였다.

"그래, 맞아. 우리 마술사는 지식을 얻는 것이 그대로 힘을 얻는 것과 직결되지. 그것을 어디까지 효율적이며 효과적으로 다룰 수 있는가는 당사자의 실력에 달려 있지만."

자간도 태어날 때부터 마술사였던 건 아니다.

그런 그가 18세라는 어린 나이에 유명한 마술사가 될 수 있었던 것은 '어떤 마술사'로부터 그 지식을 빼앗았기 때문이다.

——그때로부터 벌써 10년이나 지났군…….

자간이 여덟 살 때 있었던 일이다.

그러나 지금은 상관없는 이야기다. 머리를 흔들고 계속 이야기를 이어갔다.

"그래서 그것을 빼앗기지 않기 위해 함정이나 덫 같은 걸 잔뜩 설치해두는 거다. ……너도 이 방에 있는 물건을 만질 때는 조심하도록 해."

"……!"

펄쩍 뛸 것처럼 놀라는 네피.

"농담이다. 네가 만져도 함정이 발동하지 않도록 해뒀어."

"……주인님. 너무 짓궂으세요."

비난하는 듯도 하고 안심한 듯도 한 묘한 목소리였다.

그러더니 왠지 기뻐하는 것처럼 뾰족한 귀가 움찔움찔 떨렸다.

"……? 기분 좋아 보이군. 뭔가 좋은 일이라도 있었나?"

"에엣?"

자간이 고개를 갸웃거리자 네피는 화들짝 놀라며 당황했다.

그리고 신기한 듯 자신의 얼굴을 만졌다.

"어떻게, 아셨어요?"

"그냥 보면 알아."

이번에는 뾰족한 귀 끝이 아래로 축 처졌다가 움찔 떨리며 다시 쫑긋 서는 걸 반복했다. 동요하는 동시에 기뻐하는 것이다.

얼굴을 가린 네피는 손가락 사이로 머뭇머뭇 자간을 올려다봤다. 그러면서도 표정 자체는 변하지 않으니 오히려 제법 재주가 좋다고 감탄하게 되었다.

그리고 수줍어하며 이렇게 말했다.

"주인님이 이렇게 많은 이야기를 해주신 건 처음이라서……."

자간은 얼굴이 빨개지는 걸 느낄 수 있었다.

동시에 강한 회한의 감정에 시달렸다.

——맞아! 난 늘 빙 둘러서 말하는 것밖에 할 줄 모르지!

자간이 네피의 표정을 읽지 못해서 곤혹스러워 하고 있는 것처럼, 네피 역시 무슨 말이 하고 싶은 건지 몰라서 곤혹스러워 하고 있었던 것이리라.

으흠, 괜히 기침을 한 번 해서 마음을 진정시켰다.

"뭐, 나한테는 마술밖에 없으니까 말이야. 잘 아는 분야가 나오면 입이 가벼워지는 편이지."

"네."

뭘 납득한 건지는 모르겠지만 고개를 끄덕이는 네피는 굳이 귀를 보지 않아도 기뻐하고 있다는 걸 알 수 있었다.

그리고 잠시 망설이는 듯하더니 입을 열었다.

"주인님, 뭐 하나 여쭤봐도 될까요?"

이런 식으로 격식을 갖추고 말하는 건 그녀 나름대로 마음을 단단히 먹고 질문할 때다.

자간도 자세를 똑바로 하고 고개를 끄덕였다.

"뭐지? 말해봐."

"주인님은 이미 큰 힘을 가지고 계신 것으로 보입니다. 그런데 지금도 더 큰 힘을 얻기 위해 연구를 계속하고 계시죠."

소녀는 거기까지 말하고 잠깐 멈추더니 침을 꿀꺽 삼키고 이렇게 말했다.

"주인님은 그렇게 큰 힘을 가지고 무엇을 하시고 싶으신 건가요?"

자간은 그 질문에 즉시 대답하지 못했다.

——힘을 얻어서 무엇을 하려는 거냐고……?

도대체 자신은 무엇을 원해서 힘을 손에 넣은 걸까.

네피의 표정이 어두워졌다.

"죄송합니다. 이런 질문은 하는 게 아니었어요."

"아니, 그래서 그런 게 아니다."

자간은 뒷목을 긁적이며 뭐라 말하면 좋을지 모르겠다는 듯 입을 열었다.

"사실은 별 생각이 없었다."

"생각이, 없었어요?"

네피가 중얼거리는 말을 들으니 자신이 보기에도 한심했다.

자간은 시선을 허공 여기저기로 헤매며 고개를 끄덕였다.

"굳이 따지자면 살기 위해서?"

네피가 숨을 삼키는 게 보였다.

"살기 위해서……요?"

"그래. 어렸을 때는 돈도, 살 곳도 없어서 도둑질을 하면서 살았는데, 당시에도 어른이나 힘이 센 사람은 거역하지 못했지만 그래도 그나마 괜찮은 편이었어. 죽임을 당하는 일은 없었거든."

지금 돌이켜보니 참 좋은 사람들이었다는 생각이 든다.

유치장에 갇힌 적도 있지만 그래도 밥은 먹여줬고 죽이지도 않았으니까.

"그런데 어느 날, 마술사에게 잡혔지. 너 같은 엘프가 아니더라도 어린애들은 제법 괜찮은 제물이 되거든."

"——!"

말하고 나서야 경솔했다고 반성했다.

네피가 그런 식으로 잡혀온 지 아직 얼마 지나지 않았다.

하지만 여기서 이야기를 끊는 것도 부자연스럽다. 자간은 살짝 빠른 말투로 이야기를 쏟아냈다.

"뭐, 그 녀석이 나를 죽이기 직전에 빈틈을 노려서 반격해서 죽였지. 그리고 살고 싶으면 힘을 기르는 수밖에 없다는 걸 깨달았다. 그래서 난 강해지고 싶은 거다. 원하는 게 있다면 아마 그게 아닐까. 진부하게 들리겠지만 불로불사라는 것 말이야."

실망시킨 걸까. 네피는 가슴을 누르며 고개를 숙였다.

"……전 그렇게 강해지진, 못했, 어요."

그러고 보니 자간과 네피의 처지는 제법 비슷했다.

그리고 강해질 수 있는 기회를 얻지 못했기 때문에 네피는 지금도 자신의 가치를 낮게 보고 있는지도 모른다.

자간은 마음을 굳게 먹고 말을 꺼냈다.

"저기, 네피."

"네, 주인님."

"마술에 흥미가 있다면——음?"

말을 하던 자간의 표정이 험악해졌다.

“무슨 일이세요?”

“……손님이 온 것 같다. 잠깐 마중 갔다 올 테니 저녁 식사를 준비해줘.”

“알겠습니다. 몇 인분 준비하면 될까요?”

“나랑 네가 먹을 것만 준비해도 돼. 어차피 놈들은 금방 돌아갈 테니까.”

자간은 고개를 갸웃거리는 네피를 놔두고 서고를 뒤로했다.

——힘이 없으면 살아가지 못해.

그 사실을 지겨울 정도로 곱씹으며.

◇

“이런 곳에 마술사의 거처가…….”

기사 한 명이 당혹스러움이 뒤섞인 목소리로 말했다.

성 주위에 펼쳐져 있는 숲속으로 네 명의 남녀가 침입해왔다. 남자 셋에 여자 한 명. 남자들은 20대부터 30대까지로 모두 숙련된 성기사라는 것을 알 수 있었다. 셋이서 여자를 호위하고 있는 듯했다.

하지만 골치 아프겠다는 생각이 드는 건 호위를 받고 있는 여자 쪽이었다.

아직 소녀로 밖에 보이지 않는 나이인데도 등에 커다란 검을 짊어지고 있었다.

저렇게 가냘픈 팔로 휘두르는 건 누가 봐도 불가능해 보였지만, 그녀가 가지고 있는 건 '세례 갑옷'이라 불리는 교회의 무기다. 그것을 지닌 사람은 마술사에 비견되는 신체 능력을 얻을 수 있다.

세례 갑옷이 골치 아픈 건 사실이지만 그보다 더 문제는 등에 멘 대검이었다.

교회의 기사――성기사가 가진 검은 마술에 대한 저항력이 높고 마술사의 방어조차 베어버릴 수 있는 파마(破魔)의 검인데, 소녀가 소지한 검은 확연히 격이 다른 힘을 내뿜고 있었다.

――소문으로만 듣던 성검인가…….

소녀의 얼굴을 보니 왠지 낯익은 느낌이 들었지만 성검이 신경 쓰여서 누구인지 생각나지 않았다.

기사 중 한 명이 신음하듯 중얼거렸다.

"납치 사건의 진범이라. 이런 곳에 숨어 있을 줄은 몰랐군."

"……아직 확실한 건 아니지. 그걸 확인하기 위해 우리가 여기 온 거고."

기사들의 대화를 들으니 그제야 납득이 갔다.

――그러고 보니 발바로스가 나도 사건의 진범으로 오해 받고 있다고 했었지.

그 범인을 토벌한다는 명목으로 온 모양이다.

터무니없는 오해지만 사실을 안다고 해서 교회가 물러날 리 없었다.

그들은 마술사 그 자체를 단죄해야 하는 적으로 인식하고 있다. 결백을 증명하든 하지 않든 결과는 달라지지 않을 것이다. 자간은 마술사다. 그렇기 때문에 물리쳐야 할 적인 것이다.

충고하듯 말하는 소녀를 보고 다른 기사가 웃었다.

"역시 성검의 소녀 샤스틸 님. 마술사를 상대로도 아주 자애로우시군요."

"저희는 샤스틸 님과 함께 싸우는 것을 자랑스럽게 생각하고 있답니다."

기사들이 입을 모아 찬양하자 소녀는 복잡한 표정을 지었다.

바로 그때 기사들이 걸음을 멈췄다.

"이번에도 똑같은 수풀이다. 계속 같은 곳만 맴돌고 있어."

침입자를 막기 위한 결계 중 하나 때문에 애를 먹고 있는 모양이었다. 방향 감각을 잃고 같은 곳을 빙글빙글 돌고 있는 것이다.

자간은 그 광경을 숲속에서 보고 있었다.

그의 앞에는 성으로 이어지는 길이 뻗어 있다. 지난번에 마술사의 습격을 받았던 소녀를 구해준 것도 이 근방이다. 기사들은 그곳으로 이어지는 갈림길에서 우왕좌왕하고 있는 중이었다.

그런 기사들을 보고 있자니 문득 궁금해졌다.

――그때 그 마술사는 어떻게 내 결계를 깬 거지?

성기사의 발도 묶어두는 결계다. 단순히 운이나 사고로 여기까지 들어오는 건 불가능했다.

그렇다고 자간의 결계를 깰 수 있을 정도의 힘을 가진 마술사처럼 보이지도 않았다. 자간과 대치하자마자 목숨을 구걸한 사내였으니까.

하지만 지금 눈앞에 있는 건 성기사들이다.

——이대로 포기하고 돌아가주면 좋을 텐데…….

그러나 당연하게도 그들은 그리 만만한 상대가 아니었다.

"비키세요. 마술로 만든 결계일 겁니다. 제가……."

소녀는 앞으로 나서더니 등에 멘 대검을 뽑아 들었다.

검의 표면에는 기묘한 문양이 새겨져 있다.

마술에 사용하는 것과는 상당히 다르지만 이론적으로는 똑같은 것이나 마찬가지다. 마술의 문양을 문자에 비유한다면 나라가 다른 느낌이라고 할까.

그 문양이 희미하게 빛나기 시작했다.

"하앗!"

소녀가 검을 휘둘렀다.

성을 뒤덮은 결계가 깨지는 것이 느껴졌다.

——절반 정도 당했군.

자신을 강화해주는 역할을 하는 것은 몇 개 남아 있지만 침입자를 쫓아내기 위한 건 방금 그 검으로 인해 파괴되었다.

단 한 번 휘둘렀는데 말이다.

기사들의 눈을 교란하던 결계까지 깨져서 자간의 모습이 그들 앞에 드러날 상황에 처했다.

"……이것 참. 교회쪽 인간들은 남의 집을 방문하면서 예의라는 것도 모르나보군."

그 목소리에 그제야 자간의 존재를 알아차렸는지 기사들이 당황해서 웅성거렸다.

남자들은 소녀를 지키듯 앞을 가로막고 섰지만 소녀는 그것을 손으로 제지했다.

그리고 자간을 똑바로 응시하더니 씁쓸함이 배어나는 목소리로 중얼거렸다.

"……역시 당신이었군."

"우리 어디선가 본 적 있었나?"

확실히 안면이 있는 것 같은데…….

잠시 소녀의 얼굴을 보다 보니 생각났다.

——그래, 얼마 전에 죽을 뻔했던 그 소녀군.

대단한 미인이기는 했지만 당시엔 성검도 가지고 있지 않았고 세례 갑옷도 입고 있지 않았다. 게다가 지금은 머리도 묶고 있어서 그때와는 머리 모양도 달랐다.

그래도 교회의 문장은 가지고 있었다.

——성기사인 줄 알았으면 그대로 돌려보내지 않았을 텐데 말이지…….

실수였다.

그렇지만 이제 와서 비난하는 것도 보기 흉하다.

자간은 그 부분은 언급하지 않기로 했다.

"어디서 온 놈들인지 모르겠지만 썩 꺼져. 이 몸은 바쁘다."

귀찮은 듯 손가락을 슥 세운 후, 곧장 아래로 그어 내린다.

"앗?"

그 직후, 소녀를 포함한 기사들에게 번개가 떨어졌다.

그때 마술사를 숯덩이로 만들었던 마술이었다.

——세례 갑옷을 입고 있으니 죽진 않겠지.

그들의 갑옷은 방어구로서의 기능도 아주 뛰어나다. 어설픈 마법이라면 그대로 다시 튕겨 나올 정도다. 이 공격은 자간 나름대로 힘 조절을 한 것이었다.

하지만――.

"불의의 습격이라니, 역시 마술사는 비겁한 것들만 모여 있다니까."

커다란 방패를 든 기사가 소녀를 지키고 있었다. 남자의 뒤에 있는 소녀는 물론이고 다른 기사들도 상처 하나 없었다.

――하긴 당연한가.

자간의 결계를 파괴한 녀석들이다. 이 정도로 쓰러진다면 여기까지 침입해오지도 못했을 것이다.

"……멍청한 놈들. 시답잖은 허세 따위 부리지 말고 어서 돌아가면 될 것을."

눈을 슥 가늘게 뜨더니 다분히 공격적인 어조로 위압감 있게 고했다.

――어서 끝내고 가야지. 안 그러면 네피가 만들어주는 저녁 식사 시간에 늦을 수도 있다고!

금방 차린 식사를 먹지 못하는 건 자간에게도 네피에게도 불행한 일일 뿐이다.

"큿……."

예사롭지 않은 기백을 느낀 소녀가 후퇴했다.

그 틈을 메우듯 커다란 방패에 더해 다른 두 기사도 앞으로 나섰다.

"샤스틸 님, 물러나십시오. 이깟 놈은 우리 창천(蒼天)의 세 기사가 해결하겠습니다."

기사들은 거창하게 자신들을 소개하며 자간과 똑바로 마주하고 섰다.

그 말을 듣고서 살펴보니 세 기사의 갑옷은 파란색이었다.

큰 소리로 외친 남자는 굉장한 거한이었는데, 커다란 방패를 든 오른손에는 손도끼를 쥐고 있었다. 그 뒤에는 창을 든 늘씬한 기사가, 그 뒤에는 장검을 든 기사가 있었다.

적의 공격을 방패로 막아낸 다음 창으로 움직임을 막고 장검으로 마지막 일격을 가하는 전법인 듯했다.

딱히 보기 드물지도 않은 흔해빠진 전법이지만 효과적이기 때문에 널리 애용되는 전법이기도 하다. 적이 한 명이라면 완벽한 방법이라고 할 수 있을 정도다.

그러나 자간은 귀찮아 죽겠다는 듯 머리를 헝클었다.

"내가 이기면 돌아갈 거냐?"

도발에 가까운 한마디에 기사들의 얼굴이 분노로 물들었다.

"건방진 놈!"

방패를 든 기사가 돌격해왔다.

갑옷과 방패를 합치면 100킬로그램은 가볍게 넘을 중량일 텐데도 준마처럼 빠른 속도였다.

아무리 봐도 인간의 신체 능력이 아니다. 성기사 특유의, 세례 갑옷이 지닌 힘이었다.

방패에도 갑옷처럼 교회에서 세례를 받은 문양이 들어가 있었다. 어중간한 마술로는 쓰러뜨리기 힘들지만 대규모 마술을 사용할 시간을 줄 만큼 성격이 느긋한 상대도 아니다.

"으하하! 마술 따위 사용할 틈도 없이 뭉개주마!"

강철 방패를 든 이 거한의 돌진 공격은 그야말로 포탄을 상대하는 것과 다를 게 없다. 제아무리 마술사라도 직격을 받으면 다진 고기처럼 될 게 뻔했다.

그리고 설령 방패를 피하더라도 바로 그 직후에는 저 긴 창이 기다리고 있다.

기적적으로 창으로부터 살아남더라도 마지막에는 장검의 일격을 피할 길이 없다.

아무리 봐도 적이 이길 수밖에 없는 상황이건만 자간은 당황하는 기색 하나 없이 오른손을 꽉 쥐었다.

그런 다음 마치 투석이라도 하는 것처럼 높이 치켜들었다가 방패를 향해 내리쳤다.

주먹과 방패가 충돌한다.

기사는 승리의 미소를 지으며 외쳤다.

"멍청한 놈, 죽어——."

다음 순간, 기사의 커다란 방패가 유리처럼 깨져서 흩어졌다.

주먹은 그대로 세례 갑옷을 부수고 기사의 배에 꽂혔다.

"흐걱……?"

그는 무슨 일이 일어났는지 이해하지 못한 얼굴로, 돌진하던 속도보다 더 빠르게 뒤로 튕겨 날아갔다.

그 뒤에선 창을 든 기사가 달려오고 있었다.

전신 갑옷을 입은 거구, 즉 전체 무게 200킬로그램이 넘는 질량이 의식의 바깥에서 직격해오는 셈이었다.

"히익?"

비명 한 번 제대로 지르지 못한 채, 두 번째 기사도 쓰러졌다.

세 번째, 장검을 든 기사는 간신히 피했지만 믿을 수 없다는 얼굴로 딱딱하게 굳어 있었다.

"마, 말도 안 돼, 우리 창천의 세 기사의 필살진(必殺陣)이……."

"……너희들, 적이 사는 성에 쳐들어오면서 사전 조사는 제대로 했나? 최소한 내가 어떤 마술을 사용하는지 정도만 조사했어도 이렇게 허접한 방법을 선택하진 않았을 텐데."

자간의 주먹은 정교한 마법진에 감싸여 있었다.

성이라는 거대한 마법진으로 증폭된 마력을 모두 이 마법진에 응축시킨 것이다.

밀도가 높은 마력은 질량을 가진다. 그리고 그 강도는 교회의 세례 갑옷도 부술 수 있을 정도다. 게다가 자간은 적을 쓰러뜨리는 것보다 자신의 몸을 지키는 마술에 더 뛰어났다.

치명상을 입더라도 즉시 재생되고 승산이 없으면 인지(人智)를 뛰어넘는 속도로 도망칠 수 있다. 그런 식으로 신체 능력을 강화해둔 것이다.

그런 그를 향해 종잇조각 같은 방패를 들이대고 공격해오다니, 이보다 더 어리석은 짓은 없을 것이다.

자간은 벌레라도 쫓아내는 것처럼 손을 흔들었다.

"자, 알았으면 어서 꺼져라. 거기 있는 가냘픈 여자에게 너희들 같은 짐을 세 개나 짊어지게 할 셈이냐?"

기사의 얼굴이 시선만으로도 사람을 죽일 수 있을 것처럼 증오로 일그러졌다.

"아직이다! 아직 내가 남아 있다!"

"어이, 그만둬! 물러나!"

"물러날 순 없습니다, 샤스틸 님, 우오오오오오오오오오오오!"

양손으로 장검을 치켜들고 상단 자세로 곧장 휘두른다.

자간은 그 모습을 싸늘한 눈으로 바라보며 왼손을 흔들었다.

마법진의 빛에 감싸인 손은 손가락 두 개를 세워 검 같은 모양을 만들었다.

장검과 자간의 손가락이 충돌했다.

장검은 끼이익 하는 날카로운 소리를 내면서 중간 즈음부터 부러졌다.

기사의 눈이 튀어나올 것처럼 휘둥그레졌다.

"맙소사……."

자간은 팔을 가만히 뻗었다.

"무, 무슨……."

당황한 기사의 이마를 손가락으로 때렸다. 어렸을 때 장난삼아 자주 하는 그것이다.

"그헉?"

손가락을 한 번 튕겼을 뿐인데 기사는 뒤통수부터 바닥에 부딪치며 쓰러졌다.

자간은 땅바닥에서 몸부림치는 남자의 콧등을 가차 없이 짓밟았다.

"으으읍……."

"알겠나? 여기서 조금만 더 힘을 주면 네 머리는 토마토처럼 뭉개질 거다. 머리뼈가 깨지는 소리는 한 번 들으면 잊을 수 없지. 나도 아직 못 잊어서 곤란할 정도야."

어떤 마술사에게 잡혔을 때 있었던 일이다. 산 제물은 절망을 품고 있을수록 그 질이 더 좋아진다고 해서 자간도 한차례 고문을 겪었다.

그래서 이것이 얼마나 큰 공포를 심어주는지 잘 알고 있었다.

자간의 시선이 소녀를 향했다.

"어이, 쓸데없는 짓은 하지 않는 게 좋을 거다. 네가 검을 뽑기 전에 이 녀석의 머리가 깨진 과일이 될 거니까. 살 수도 있는데 너 때문에 그런 꼴이 되면 꿈자리가 뒤숭숭하지 않겠나?"

"사, 살려……, 으악!"

기사가 꼴사나운 비명을 흘리자 소녀도 등에 멘 대검에서 손을 뗐다.

――똑똑한 여자군.

사실 소녀가 그대로 검을 휘두르며 덤벼들었다면 자간도 여간 골치 아픈 게 아니었을 것이다.

이 세 기사는 하찮은 상대였지만 성검은 다르다. 자간의 주먹의 마력도 가차 없이 베어버릴 것이다. 자신의 영지 안에서도 이길 수 있을지 장담하기 어려웠다.

소녀가 자간을 찌릿 노려봤다.

"큭……. 왜 그런 짓을 하는 거지? 패자를 우롱할 생각인가?"

그렇게 말하는 소녀의 눈동자에는 분노만이 아니라 실망을 닮은 빛이 떠올라 있었다.

자간은 그런 것도 모르냐며 어이없다는 표정을 지었다.

"공포라는 것이 어떻게 전파되는지 알고 있나?"

"뭐……?"

샤스틸의 얼굴에 경계가 떠올랐다.

자간은 그들이 공포를 품게 만들 필요가 있었다.

자신에게 덤비는 것이 얼마나 수지타산이 맞지 않는 일인지. 그러니 그와 엮이지 않는 게 최선이라는 사실을 그들이 아니라 그 위에 있는 사람에게 가르쳐줘야만 했다.

그래서 이렇게 일부러 시간을 들여가며 죽이지 않은 채 괴롭히고 있는 것이다.

자간은 기사를 힘껏 짓밟으며 공포를 심어주었다.

"인간은 미지의 것에 공포를 느낀다. 하지만 그것을 퍼뜨리는 것은 사람의 입이다. 너희들을 모두 죽이더라도 너희를 보낸 자는 여기서 네 명이 죽었다는 숫자밖에 보지 못하지. 공포를 퍼뜨리기 위해서는 너희들이 살아서 돌아가 그것을 전할 필요가 있다. 이렇게 말이야."

발에 더 힘을 주자 발밑에 있는 기사가 찌그러진 개구리 같은 비명을 질렀다.

나름대로 지위를 가진 사람일 텐데 진흙에 눈물, 침, 콧물 등 얼굴이 온갖 체액으로 범벅이 된 모습은 가엽기 짝이 없었다.

하지만 소녀는 이렇게 말했다.

"거짓말하지 마."

"호오……?"

자간은 흥미롭다는 듯 한쪽 눈을 크게 떴다.

"자신의 안전을 위한 이유도 있겠지. 아무리 교회라도 조직이라는 것에는 네가 말한 것과 같은 측면이 있는 것도 사실이니까. 하지만 네 본심은 거기 있지 않아."

움찔, 자간의 몸이 딱딱하게 굳었다.

——부지 안에서 시체가 나오면 네피가 무서워할 텐데…….

그래서 가능하다면 죽이지 않고 돌려보내고 싶었다.

소녀는 그런 자간의 속내를 꿰뚫어 본 것처럼 확신에 찬 미소를 지었다.

"……역시."

소녀는 등에 멘 대검으로 손을 뻗었다.

"기다려……, 죽고 싶지 않아……."

발밑에 있는 기사가 목숨을 구걸했지만 소녀는 검에서 손을 떼지 않았다.

——골치 아프게 되었군. 죽일 생각이 없다는 걸 간파당하고 말았어.

인질이라는 건 목숨을 방패로 삼을 수 있어야 의미가 있다. 죽일 생각이 없다는 건 인질이 방패로서 의미가 없음을 뜻한다.

소녀는 결국 등에서 성검을 뽑아 들었다.

"샤스틸 릴키비스트. 주명(主命)에 따라 마술사 자간을 토벌한다!"

성검을 상대로 방금 전 기사들을 대할 때처럼 대충 싸울 수는 없다.

그래도 네피와 같은 또래로 보이는 소녀를 죽이는 건 망설여졌다. 게다가 한 번 도와줬던 사람을 죽이는 것도 영 뒷맛이 좋지 않았다.

어쨌든 싸우기 껄끄러운 상대인데도 소녀――샤스틸은 도망쳐 주지 않았다.

"쳇――."

자간은 발치에 있는 기사를 걷어찼다.

머리를 걷어차인 기사는 바닥을 굴러 쓰러져 있는 다른 두 사람에게 부딪쳤다.

그러는 동안 샤스틸은 성검의 공격 거리 안에 자간을 포착했다.

"하앗!"

성검이 똑바로 내려쳐진다.

자간은 검의 넓은 부분을 주먹으로 후려쳤는데――,

"……어이, 어이."

단지 그것만으로도 자간의 주먹을 보호하는 마법진에 균열이 생겼다.

검의 날 부분을 피해 튕겨냈는데도, 살짝 닿았을 뿐인데 이 정도다. 이 검에 베였을 때를 상상하니 소름이 돋았다.

샤스틸은 하단 자세에서 위로 건져 올리듯 검을 휘둘렀다.

물 흐르는 듯한 연속 공격에 자간도 후퇴할 수밖에 없었다.

——그래도 힘은 그리 강하지 않은 것 같군.

날카롭기는 했지만 검 자체는 가볍다. 세례 갑옷의 가호가 있다고 해도 본래 힘이 약한 소녀이다 보니 강화에도 한계가 있는 것이리라.

샤스틸은 검을 휘두르면서 외쳤다.

"왜지? 왜 반격하지 않는 거지? 난 상대할 가치도 없다는 뜻이냐!"

그렇다. 자간은 피하기만 할 뿐 자신이 먼저 공격하진 않았다.

옆으로 들어오는 참격을 몸을 숙여 피하며 자간은 대답했다.

"그건 무리야. 여자를 때리는 건 내 취향이 아니거든."

아니, 정확하게는 거북했다.

——네피와 비슷한 또래의 소녀를 어떻게 때리냐.

네피의 미움을 사게 될지도 모른다는 문제 이전에, 주먹을 쥐면 그 가련한 소녀의 얼굴이 계속 눈앞을 스쳤다. 네피가 아니더라도 같은 나이의 소녀를 아무렇지도 않게 때릴 수 있을 리 없었다.

그래서 때리지 않고 끝낼 수만 있다면 다른 방법은 없는지 계속 찾게 된다.

샤스틸이 이를 악물었다.

"어째서 당신 같은 사람이 마술에 손을 댄 거지?"

그것은 얕보인 것에 대한 분노보다는 안타까워하는 한탄처럼 들렸다.

자간은 고개를 갸웃거렸다.

"무슨 말을 하는지 모르겠지만 마술을 사용하는 게 그렇게 나쁜 일인가?"

자신이 악당이라는 자각은 있지만 그것과 마술은 아무 관계도 없다.

샤스틸은 분노를 담아 외쳤다.

"악이다! 그런 힘이 있기 때문에 사람들은 학대당하고 괴로워하고 있어!"

"그럼 네가 가진 그 힘은 뭐지? 자신보다 약한 마술사를 일방적으로 죽이는 힘이잖아?"

"——큭!"

그 지적을 듣자 샤스틸의 얼굴에도 동요의 빛이 떠올랐다. 허공을 가른 성검은 지면에 박혔다.

즉시 그 검을 발로 밟아 눌렀다.

검의 넓은 부분을 누르면 아무리 성기사라도 힘으로 억지로 뽑는 건 쉬운 일이 아니다.

"크읏……."

신음을 흘리는 소녀를 자간은 냉담하게 응시했다.

"자신을 정당화할 생각은 없지만 마술이 아니면 살아가지 못하는 놈들이 잔뜩 있어. 그런 사람들을 짓밟아 희생물로 삼고 있는 인간이 정의를 입에 담으면 안 되지."

"아……."

이 소녀 역시 입으로는 번지르르한 말을 해도 그것이 본질이라는 사실을 이해하고 있었으리라.

새파랗게 질려서 아무 말도 하지 못했다.

——왜 또 그런 반응이야! 더 못 때리겠잖아…….

자신이 정의라고 꼴사납게 외쳐주면 자간도 신경 쓰지 않고 공격할 수 있었을 텐데.

그래도 샤스틸은 입술을 깨물고 검을 쥔 손에 힘을 주었다.

"그렇지만……, 아니, 그렇기 때문에 더 질 수 없어!"

"——읏, 아이쿠."

소녀는 성검을 힘껏 뽑았다.

검을 밟고 있던 자간은 균형을 잃고 비틀거렸다.

"지금이다!"

샤스틸이 혼신의 힘을 다해 검을 찔렀다.

——하지만 검술이 어설프군.

자간은 피하지도 않고 그 자리에서 손뼉을 치듯이 손바닥을 짝 마주쳤다.

그 손바닥 사이가 성검 끝을 정확하게 포착했다.

마법진의 방어에 금이 가기 시작했다. 손바닥이 불타는 것처럼 뜨겁다. 그래도 자간은 사나운 미소를 지어 보였다.

"힘겨루기에 자신 있나?"

"응해주마!"

샤스틸은 물러나기는커녕 그대로 몸과 함께 검을 내밀었다.

성검에 새겨진 문양이 눈부실 정도로 빛나고 거기에 호응하듯이 세례 갑옷도 빛에 휩싸였다.

"이럴 수가!"

믿기 힘들었지만 소녀는 자간의 몸과 함께 대검을 들어 올렸다.

——이 자식, 진짜 실력을 숨기고 있었군.

자간이 상황을 지켜보고 있었던 것처럼 샤스틸도 실력을 감추고 있었던 모양이다.

그리고 그대로 성검을 휘둘렀다.

"이 자식——?!"

이렇게 가냘픈 소녀가 사람 한 명이 매달린 쇳덩이를 휘두른 것이다. 도저히 믿을 수 없었다.

이 공격에는 자간도 손을 놓칠 수밖에 없었다.

뒤에 있는 나무에 내동댕이쳐지자 숨이 막혔다.

——내 결계 안에서 나보다 더 큰 힘을 휘두르다니?!

성기사를 상대로 결계가 별다른 의미를 가지지 못하는 것은 사실이지만 자간 자신을 강화하는 힘이 사라진 것은 아니다.

성검과 세례 갑옷의 힘이 있긴 해도 이 여자는 순수한 완력으로 자간을 압도하고 있었다.

검에 닿은 손을 확인했다.

화상을 입어 피부가 짓물러 있었다. 마술에 의한 치유는 시작되었지만 재생도 느리다. 이것도 성검의 효과일 것이다.

——그때 죽였어야 했는데.

아무 저항도 하지 못하는 여자까지 죽이는 건 영 내키지 않았지만, 교회쪽 사람을 상대할 때는 좀 더 신중해야 했다.

신음하고 있는 동안 샤스틸은 다시 검을 휘둘렀다.

머리부터 아래로 베려는 대검의 손잡이 부분을 잡아서 간신히 막았지만, 등 뒤에 있는 거목이 소리를 내며 부러졌다.

자간이 아니었다면, 혹은 이곳이 자신의 결계 안이 아니었다면 막았다 한들 그대로 뭉개졌을 것이다.

한숨을 흘린다.

이렇게 된 이상 어쩔 수 없다.

——하는 수 없군. 죽일까.

도망친다는 방법도 있다.

그렇지만 성에는 네피가 있다. 자간이 도망치면 그 다음에는 네피를 공격할 것이다. 교회는 마술사에게 순종하는 인간도 '악'으로 간주하고 처형하기 때문이다.

성검을 부러뜨리는 건 자간의 힘으로도 불가능할 것 같다. 하지만 다른 방법이 없는 것은 아니었다.

자간이 양손에 파괴의 힘을 실었을 때였다.

(이대로 듣기만 해. 나한테 죽임을 당한 척 할 수 있겠나?)

자간은 성기사의 입에서 그런 말이 나왔다는 사실이 믿기지 않아 눈을 동그랗게 떴다.

소녀의 뒤쪽으로 시선을 던지자 자간이 쓰러뜨린 기사들도 신음을 하면서 몸을 일으키려 하고 있었다. 그들이 들으면 안 되는 이야기라는 뜻인가?

(무슨 생각이지?)

(교회는 네가 죽을 때까지 포기하지 않을 것이다. 내가 지면 다음엔 더 강한 성기사를 보낼 거야. 여기서 죽은 것으로 하자. 그리고 마술 따윈 버리고 제대로 된 인간으로 살아가는 거다.)

자간은 자신의 귀를 의심했다.

(성기사가 할 말은 아닌 것 같군.)

(……당신은 내 부하들을 죽이지 않았지. 말로는 공포를 주겠다고 했지만 당신의 눈에는 자애를 닮은 빛이 있어.)

선불리 받아들이기 힘든 말이었다.

——나한테, 자애라고?

네피를 배려하는 마음을 그렇게 부른다는 것을 자간은 알지 못했다.

물론 그건 샤스틸이나 기사들을 향한 감정은 아니었지만, 샤스틸은 자간 안에 네피라는 지켜줘야만 하는 존재가 있다는 것을 꿰뚫어 본 것이다.

그리고 샤스틸은 이렇게 말했다.

(무엇보다 당신이 나를 구해준 것을 잊지 않았어.)

그러면서 정말 미안하다는 표정을 지었다.

(……미안하지만 내가 할 수 있는 건 이 정도가 전부다.)

이 소녀는 자간의 도움을 받았던 것을 없었던 일로 치부한 것이 아니었다.

성기사와 싸우는 것이 이번이 처음은 아니다.

하지만 마술사를 상대로 슬퍼해주는 성기사는 처음이었다.

──이 녀석, 무리하고 있는 것 같은데…….

성기사가 마술사를 감싸면 신분 박탈만으로는 끝나지 않는다.

교회의 수치로 간주, 모든 인권을 박탈당하고 차마 입에 담을 수 없는 고문과 처형을 받게 된다. 아름다운 외모를 가진 샤스틸은 거기에 더해 능욕이라는 악몽까지 추가될 것이 뻔하다.

그녀가 그것을 모를 정도로 머리가 나쁜 사람으로 보이지는 않았다.

어중간한 각오로 한 말은 아닐 것이다.

괜히 더 공격하기 힘들어졌다.

──하지만 그럴 순 없단 말이지.

샤스틸의 말대로 하면 자간은 도망칠 수 있으리라. 어차피 이 성에는 제대로 된 재산도 남아 있지 않고.

그렇지만 네피까지 도망치는 건 불가능하다.

자간이 죽은 척하는 동안 그들은 성을 수색해서 네피를 찾아낼 것이다. 그리고 분명 네피는 도망치지 못할 것이다. 그녀는 아직 그 정도로 자신의 목숨에 대해 집착하고 있지 않으니까.

어떻게 하면 좋을지 고민하고 있을 때였다.

"주인님!"

성에 두고 온 네피의 목소리였다.

돌아보니 시녀 차림을 한 소녀가 이쪽을 향해 달려오고 있었다.

자간이 늦게까지 돌아오지 않아서 걱정이 되었거나, 아니면 불길한 기운을 느끼고 쫓아온 모양이다.

"오지 마, 네피!"

"어, 여자아이……?"

샤스틸도 당황해서 중얼거렸다.

그것은 두 사람이 동시에 빈틈을 보인 순간이기도 했다.

"으아아아! 웃기지 마라!"

세 기사 중 한 명, 창을 든 남자가 일어났다. 이 남자는 다른 기사에게 떠밀려 쓰러지기만 했을 뿐 상처는 가벼웠다.

그리고 달려오는 네피를 쳐다봤다.

"마술사의 동료인가!"

기사는 무슨 생각을 했는지, 달려오는 네피를 겨누고 창을 높이 쳐들었다.

"그만둬, 토레스!"

샤스틸이 제지했지만 기사는 그대로 창을 던졌다.

"비켜!"

자간은 샤스틸을 밀치고 네피의 앞으로 달려갔다.

하지만 지금 자간의 힘으로 밀어내면 네피의 가냘픈 몸이 성하지 못할 것이다. 부드럽게 감싸듯 품 안에 끌어안자마자 창이 떨어졌다.

"쳇——."

자간은 왼팔을 방패처럼 앞으로 내밀었다.

푹, 살이 찢어지는 소리와 함께 창끝이 손바닥을 관통했다.

"주인님!"

네피가 비통에 찬 고함을 질렀다.

그래도 다행히 창은 손을 관통한 상태로 멈추었다.

"괜찮아. 이 정도는 그냥 찰과상이다."

그렇게 말하는 자간의 이마에는 땀이 송글송글 맺혀 있었다.

성검으로 인해 치유 능력이 저하된 상태에서 이런 상처를 입었다. 당분간 왼팔은 사용하지 못할 것 같았다.

뚝, 뚝, 피가 떨어졌다.

자신의 피를 보는 것도 꽤 오랜만이었다.

——건방지게 굴지 마라, 망할 기사놈들…….

하지만 자간은 그 욕을 입 밖으로 꺼내지 못했다.

품 안에서 소름 돋는 한기가 느껴졌기 때문에.

"우리 주인님을, 다치게 했겠다."

자간이 그 목소리의 주인이 네피라는 사실을 깨닫는 데에는 상당한 시간이 걸렸다.

그 여리고 무기력한 소녀의 입에서 나왔다는 사실이 믿기지 않는, 차갑고 어두운 목소리였다.

그 직후, 그 일은 일어났다.

"히익, 무슨 일이지?"

숲이 술렁거린다는 말이 있다.

그곳에 사는 동물들이 일제히 움직이거나 세찬 바람으로 인해 나무들이 흔들리는 모습을 나타내는 표현이다.

하지만 동물들은 도망치지 않았다. 바람도 불지 않았다.

그런데도 숲이 술렁거리고 있었다.

숲속 깊은 곳에서 동물들이 모여들었다. 작은 다람쥐도 있었고 사나운 늑대와 멧돼지도 있었다. 그 동물들이 울음소리 하나 내지 않고 기사들을 가만히 응시했다.

나무들도 흔들리고 있는 게 아니었다.

나뭇가지와 잎들이 저절로 자라기 시작했고, 수풀 속에서는 가시나무가 기어 나왔다.

숲 자체가 의지를 가진 것처럼 웅성거린다.

그리고 그 숲의 악의라고도 부를 수 있는 무언가가 기사들을 바라보고 있었다.

——도대체 이게 무슨 일이지?

마술은 아니다. 네피의 목에는 마술을 봉인하는 목걸이가 채워져 있다. 마술을 사용할 수 있을 리 없다.

그렇지만 교회의 힘도 아니었다.

굳이 말하자면——

——숲, 그 자체를 조종하는 것인가?

자간이 다루는 마술과는 질과 규모 자체가 다르다. 자신도 모르게 등줄기가 오싹해지는 게 느껴졌다.

그건 기사들도 마찬가지일 것이다.

창을 내던진 기사들이 미지의 힘 앞에서 덜덜 떨었다.

"으아……, 으아, 으아아아아아아아아아아아아!"

무기를 잃은 기사——토레스라고 했던가——가 도망치기 시작했다.

"——놓치지 않겠다."

네피가 팔을 뻗는다.

기사의 발밑에서 덩굴이 기어 나와 그 발을 단단히 옭아맸다.

"으갸!"

얼굴부터 바닥에 들이받은 기사의 앞에, 이번에는 굵은 나무뿌리가 뻗어 나왔다.

살아 있는 생물처럼 맥동하는 나무뿌리는 기사의 몸을 집어삼키더니 그대로 땅속으로 끌고 들어갔다. 그 힘이 얼마나 무시무시한지 순식간에 세례 갑옷에 균열이 생겼다.

우두둑, 우두둑, 뼈가 부서지는 소리를 들은 자간은 그제야 정신을 차렸다.

"이제 됐어! 충분해, 그러니까 그만둬, 네피!"

억지로 꽉 끌어안자 네피도 깜짝 놀란 것처럼 손을 멈췄다.

땅속으로 끌려 들어간 기사는 간신히 숨은 붙어 있는 듯했다.

——이건, 네피의 힘인가……?

엘프의 특유의 힘일까. 아니면 네피가 하얀 머리를 가진 변이종이기 때문일까.

무엇이 되었든 마술마저 능가하는, 자간은 모르는 힘이었다.

샤스틸 일행은 물러났다.

세 기사는 전투가 불가능한 상태라서 결계를 수복한 다음 밖으로 내쫓았다. 나머지는 샤스틸이 알아서 할 것이다.

——아무 관계도 없는 사람까지 끌어들이고 말았군. 면목이 없다——

그 소녀는 마지막까지 미안해하며 그런 말을 했지만.

성으로 돌아가자 네피가 자간의 상처를 치료해주었다.

이런 일에 익숙한지, 능숙하게 붕대를 감는 소녀에게 자간이 물었다.

"네피, 마술을 사용하지 못하는 것 아니었나?"

네피의 몸이 움찔 떨렸다.

"마술……이 아니에요."

"그러면 뭐지?"

"그건……."

네피의 얼굴이 눈에 띄게 어두워졌다. 표정은 거의 변하지 않았지만 뾰족한 귀까지 힘없이 축 처졌다.

자간은 어깨를 으쓱였다.

"뭐, 됐어. 네가 어떤 힘을 가지고 있든 나와는 상관없다."

물론, 마술인지 뭔지 모르겠지만, 그런 힘을 가지고 있다면 왜 인간에게 잡혔을 때 저항하지 않았는지, 자력으로 목걸이를 부술 수는 없었는지, 자간으로부터 도망치려는 생각은 하지 않았는지, 신경 쓰이는 건 산더미처럼 많았다.

그렇지만 네피가 네피라는 사실에는 아무 변화도 없다.

……라는 말을 하고 싶었는데.

――아뿔싸! 방금 말한 것만 들으면 마치 네피 따윈 어찌 되든 상관없다는 것 같잖아!

아무리 생각해도 방금 그 말로는 자신의 마음이 제대로 전해지지 않았을 것 같다. 어깨가 축 처진 네피를 본 자간은 다시 말하기로 했다.

"넌 네피다. 다른 누구도 아니야. 어떤 힘을 가지고 있더라도 말이다."

――제대로 말했다!

여전히 알아듣기 어려운 말이 된 것 같기는 하지만, 그래도 네피는 깜짝 놀란 듯 눈을 동그랗게 떴다.

"……감사, 합니다."

처져 있던 귀가 움찔움찔 떨렸다.

조금은 마음이 편해진 모양이다. ……자간이 하려던 말이 잘 전해졌는지는 애매하지만.

그런 대화를 나누는 동안 붕대를 감는 것도 끝났다.

아프긴 하지만 움직이지 못할 정도는 아니다. 일상생활에는 별다른 지장이 없으리라. 전투도 어느 정도는 할 수 있을 것 같다.

성검의 마력――이라고 부르는 게 적당한지는 모르겠지만――이 빠지면 금방 나을 상처였지만 네피의 응급 처치는 완벽했다.

"음. 나쁘지 않군. 수고 많았어."

"……아뇨, 저 때문인 걸요."

이번에는 솔직하게 고맙다는 말을 했다고 생각했는데, 네피는 고개를 숙였다.

이런 상황에 필요한 센스 있는 말을 제발 누가 좀 가르쳐줬으면 좋겠다. 발바로스의 혀라도 뽑아서 이식해볼까 진지하게 고민해 봤다.

뇌가 끓어오를 정도로 고민하던 자간은 이런 말을 쥐어짜냈다.

"아~……. 무섭진, 않았고?"

"제게, 물으시는 건가요?"

반대로 네피가 믿기지 않는다는 표정을 지었다.

또 뭔가 잘못한 걸까. 끙끙거리며 고민하고 있자 네피가 머뭇머뭇 입을 열었다.

"주인님은, 저를, 섬뜩하다고, 생각하지 않으시나요?"

"왜?"

최근엔 조금씩이나마 표정다운 것을 짓게 되면서 점점 더 매력적으로 변했다. 어디에 섬뜩한 부분이 있다는 거지?

진지하게 고개를 갸웃거리자 네피는 몇 번이나 자간의 얼굴을 올려다봤다가 다시 고개 숙이기를 반복했다.

그리고 용기를 쥐어짜내듯 중얼거렸다.

"왜냐니……, 아까 보신, 제 힘, 말이에요."

"아아, 처음 보는 종류의 힘이었지. 흥미는 있다."

어쩌면 그 점 때문에 〈마왕〉 마르코시어스가 네피를 원했는지도 모른다.

그런 식으로 납득하고 있자 네피가 의아해하며 물었다.

"그뿐, 인가요?"

"응? 널 실험대에 올릴 생각 따윈 없다고 말했을 텐데?"

"그건 알고 있지만, 그런 게 아니라……."

간신히 그건 믿게 된 모양이다.

그건 더할 나위 없이 기뻤지만 네피의 고민은 점점 더 깊어지기만 할 뿐이었다.

이윽고 이대로는 해결이 되지 않는다고 생각했는지, 네피는 하얀 머리를 쓸어 올리며 이야기를 시작했다.

"그 힘은, 마술이 아니라 '마법'이라 불리는 것이라고 합니다."

"마법……이라고?"

자간도 지식으로는 접한 적이 있다.

마술처럼 축적된 이론과 정의에 의해 개발되는 기술이 아니라, **그저 바라는 것만으로** 만물에 간섭해서, 경우에 따라서는 죽은 사람도 살려낼 수 있다고 한다.

그야말로 인지를 넘어선 신의 기적이다.

그런 것을 현실에서 직접 보게 되는 날이 올 줄 몰랐던 자간의 눈이 휘둥그레졌다.

"실재하고 있었군. 엘프는 모두 그런 힘을 다룰 수 있는 건가?"

하지만 네피는 고개를 가로저었다.

"아뇨. 전 **저주 받은 아이**라서 그런 거예요."

처음 만났을 때, 네피가 주저하며 한 말이었다.

자간은 가만히 다음 말을 기다렸다.

"제게는 이런 힘이 있어요. 그렇지만 이건 있어서는 안 되는 힘이라고 해요. 이런 힘을 가지고 있는 하얀 머리 아이는 태어나선 안 되는 생명이고, 그래서……."

감청색 눈동자에는 그 어떤 감정의 빛도 떠올라 있지 않았다.

눈물조차 없었다.

너는 인간이 아니다.

의견 따윈 가져선 안 된다.

의지를 가지는 것도 인정할 수 없다.

그런 말을 들으며 살아온 사람의 눈이었다.

——힘들게, 살아왔군…….

이럴 때는 무슨 말을 해주면 좋은지 모르겠다.

네피는 인형처럼 무표정한 얼굴로 말을 이어갔다.

"우리 마을이 인간들의 습격을 받았을 때, 전 이 힘을 사용해서 마을을 지키라는 명령을 받았습니다. 그런데……."

침을 꿀꺽 삼키는 소리가 나더니 네피는 새파랗게 질린 얼굴로 고백했다.

"——지금까지 살려둔 은혜를 갚아라——그 말을 듣는 순간 머릿속에서 뭔가가 부서지는 소리가 들렸어요."

떨리는 목소리로 이야기를 계속했다.

"전 아무 저항도 하지 않고 인간에게 붙잡혔습니다. 그게 마을 사람들에 대한 복수였죠."

당연하다고 생각했다.

자신을 박해해온 사람들을 지키라니, 뻔뻔하기 이를 데 없다. 그런 명령을 한 놈들이야 말로 왜 자신들을 지켜줄 거라고 생각한 걸까. 너무 멍청해서 동정심이 생길 정도다.

"모두 필사적인 얼굴로 도망쳤어요. 저처럼 잡힌 사람은 얼마 되지 않았고, 대부분 검에 베이거나 마술로 불탔어요. 도망치는 데 성공한 사람은 몇 명 되지 않았던 것 같아요. 엘프는 시체도 쓸모가 많다고 들었거든요."

미소를 띤 네피의 입가가 일그러졌다.

"그 광경을 본 저는 꼴좋다고 생각했어요."

목소리는 떨리고 있었다.

"지독하죠? 저를 저주하며 죽어가는 사람들을 보고 진심을 다해 웃었어요. 이번에는 당신들이 고통을 당할 차례라면서."

거기까지 말하고 나자 소녀는 마치 실이 끊어진 듯이 다시 가면처럼 무표정한 얼굴로 돌아갔다.

"나중에야 제가 무슨 일을 했는지 깨달았어요. 다른 사람이 죽는 모습을 보면서 아무렇지도 않게 웃을 수 있는 사람이 저라는 걸 알았어요."

아아, 자간은 한숨을 흘렸다.

——그래서 네피는 표정을 짓지 못하게 되었던 거구나…….

그 광경을 보고 웃은 자신이 싫어서 자신의 감정까지 부정하게 된 것이다.

그건 그만큼 네피가 선량하다는 증거라고 생각한다.

모든 것을 다 털어놓은 네피는 허탈한 모습으로 힘없이 주저앉았다.

"죄송합니다. 경멸, 하시죠……?"

"왜지?"

진심으로 의아한 듯 고개를 갸웃거리는 자간의 모습에 네피가 자신의 귀를 의심하는 것처럼 눈을 깜빡였다.

"에, 엣? 아니, 그치만……."

"그 정도는 보통 아닌가? 나라면 마을 놈들을 죄다 죽였을 거다. 물론 침입자도 함께. 그렇게 하지 않은 것만 해도 아주 자비로운 거라고 생각해."

자간이라면 그럴 수도 있다고 생각했다.

아니, 실제로 그랬을 것이다. 상대가 샤스틸처럼 귀여운 소녀라도 필요하다면 죽일 생각이다. 하물며 자신에게 고통을 준 놈들이라면 살려둘 이유를 찾는 것이 더 어렵다. 기꺼이 몰살할 것이다.

네피를 괴롭힌 마을 녀석들이라면 고문도 무료로 서비스해줄 수 있다.

네피는 더 당혹스러운 표정을 지었다.

"그런, 건가요?"

"그래. 아까 그 기사들을 향해 날카롭게 외치던 네 모습은 훨씬 무시무시했다고. 그 정도라면 엘프들이 어떤 힘을 가지고 있는지는 모르지만, 앙갚음 정도는 어렵지 않았겠지."

자간은 그렇게 말한 다음 네피를 향해 손가락을 내밀었다.

"그리고 네피, 넌 착각하고 있어."

"차, 착각이요?"

"그래. 넌 네 '마법'을 나쁜 것으로 생각하고 있는 모양인데, 힘에는 좋은 것도 나쁜 것도 없다. 검에게 선악을 요구하는 멍청이가 있나? 그런 개념을 적용할 수 있는 건 그 검을 휘두르는 사람과 그 검에 베이는 사람뿐이다."

그 기세에 압도당한 네피는 고개를 마냥 끄덕였다.

그럼에도 그녀의 귀는 여전히 축 처져 있었다.

"그래도 제가 한 짓은, 용서 받을 수 없다고, 생각합니다."

"누가 용서하지 않는데?"

"그, 그건, 마을 사람들……이요."

"죽었잖아? 그럼 그냥 신경 꺼. 죽어서까지 불평할 수 있을 만큼 근성 있는 놈들도 아닌 것 같은데."

네피의 입이 쩍 벌어졌다.

"잘 들어, 네피. 사람은 깨끗한 논리만으로 살아가지 못해. 힘을 가지고 있다면 강하게 살도록 해. 그러지 않으면 힘이 없어서 죽은 사람들에 대한 모독이다."

그 말이 의미하는 바를 곱씹는 것처럼 네피는 가슴을 눌렀다.

"힘은, 가지고 있어도, 괜찮은 건가요?"

"그럼 반대로 묻지. 힘을 가지고 있는 게 나쁜 건가? 강인함을 추구하는 게 악인가?"

"그건……."

자간은 대답하지 못하는 네피에게 자애로운 아버지처럼 다정하게 말했다.

"참고로 나는 악이라는 말을 들었다."

지독하다면 지독한 경험을 말하는 대답에 네피는 딱딱하게 굳었다.

"……에엣?"

아연실색하는 소녀를 본 자간은 옛 추억을 돌아보 듯이 이야기했다.

"누구인지는 잊었지만 혼자 뭐든지 할 수 있는 나를 보고 자신의 심정을 모를 거라는 말을 들었지. 강한 사람은 약한 사람의 마음을 모른다고."

분명, 노상강도의 습격을 받아 도망치다가 길을 잃고 자간의 영지로 들어와 덫에 걸리기까지 한, 보기 드문 가여운 소녀였다.

제법 귀엽게 생겼었고, 자간도 마술사로서 힘을 기르기 시작했을 즈음이었다. 혼자 있다보니 적적하기도 했고 도와주면 사이좋게 지낼 수 있지 않을까 하는 속내도 있었다.

그래도 그때 소녀를 도와주려고 한 건 선의였다고 생각한다.

노상강도도 쫓아줬고 함정에 빠진 것도 구해주었지만 소녀에게서 돌아온 것은 그런 말이었다.

——약한 인간은 살아 있는 것도 허용되지 않는 겁니까? 힘을 과시하는 게 그렇게 대단한 건가요——

도와주지 말걸 그랬다고 후회했다.

일단 소녀는 놔주었지만 구역질이 날 것 같았다.

지금 생각해보면 그 소녀도 누군가에게 분노를 풀지 않으면 미칠 것 같았던 것뿐이지 자간을 증오해서 그런 건 아니었다.

하지만 자간이 타인에게 실망하기에는 충분한 이유가 되었다.

정이나 배려는 사람을 타락시키는 독이다. 그런 현실에 안주했기 때문에 그 소녀는 썩었던 것이다.

다른 사람을 구하는 일에 자기만족 이상의 다른 의미는 없다.

약자는 짓밟혀도 당연한 무가치한 생물일 뿐이다.

——그런 놈들의 심정을 어떻게 이해한단 말이야?

자간은 괴로운 기억을 토해내듯이 말했다.

"당연하다. 그렇게 비참한 인간이 되고 싶지 않았기 때문에 난 강해진 거야."

약자는 다른 사람을 끌어들인다.

곤경에 처했을 때 다른 사람이 도와주리란 건 환상에 불과하다.

부모조차 자식을 버리는데 다른 사람을 의지하다니, 자신을 이용하고 버려달라고 부탁하는 것이나 마찬가지다.

그래서 자간은 필사적으로 힘을 길러 강해졌다.

——뭐, 그 다음에는 아무것도 없었지만.

오로지 강함만 추구해온 결과, 인간은 믿기 힘든 존재라는 결론에 도달했다.

고고하다고 하면 듣기에도 그럴싸하고 기분도 좋지만, 허무하기도 했다.

그래도 자신을 믿을 수는 있다.

그저 살아가기만 한다면 그것으로 충분하다.

자간은 자조했다.

——그런 내가 고작 네피 한 사람이 우울해하는 걸 보고 이렇게 어쩔 줄 몰라 하다니.

자신이 생각해도 어이가 없었다.

하지만 지금까지 살아온 자신의 인생을 부정하게 될지라도 눈앞에 있는 소녀가 사랑스러워 견딜 수 없었다.

사랑 따윈 허구라고 내뱉은 주제에, 지금의 자신이 타인을 진심으로 사랑하고 있다는 사실을 자각하고 말았다.

처음 하는 경험이었다.

이 모순은 언젠가 자간을 파멸시킬지도 모르지만 그것조차 받아들이고 싶은 마음이었다.

그래서 자간은 서투른 말을 필사적으로 이어갔다.

"그러니 네피, 다른 사람은 신경 쓰지 마."

네피의 새하얀 뺨에 손을 대고 스스로도 어떻게 말하면 좋을지 모르는 이 마음을 있는 힘껏 형태로 만들어낸다.

"그러니까 그런 표정 짓지 마. 네가 필요하다고 했잖아?"

감청색 눈동자가 흔들린다.

가느다란 손가락이 자간의 손을 마주 잡았다.

"제가, 여기 있어도, 되나요?"

"당연하지. 그렇게 맛있는 음식을 먹게 해줬잖아. 이젠 네가 없는 생활은 상상도 할 수 없어."

이 상황에서 꺼내든 것이 고작 먹을 것이어도 괜찮은가 하는 의문이 들었지만 이내 그런 것에 신경 쓸 여유 따윈 없어졌다.

뚝, 네피의 뺨을 따라 눈물이 떨어진 것이다.

"네, 네피?"

"으, 으흑……, 흐윽……."

자간이 당황해서 부르자 네피는 그대로 자간의 품에 매달렸다.

"으아아아아아아아아아아아아아아앙!"

그리고 그대로 큰 소리로 울음을 터뜨렸다.

자간은 아무 말 없이 소녀가 울음을 그칠 때까지 머리를 쓰다듬어주었다.

머지않아 평정을 되찾은 네피는 새하얀 앞치마를 꼬깃꼬깃 만지며 머리를 숙였다.

"……저, 부끄러운 모습을 보여서, 죄송합니다."

"괜찮아. 네가 그렇게 말을 많이 하는 모습은 처음 봤어."

낮에 있었던 일에 대한 보복으로 그렇게 말하자 네피의 귀 끝이 빨개졌다.

"주인님, 너무 짓궂으세요."

그러더니 자간의 손으로 시선을 떨구었다.

방금 전까지 네피의 머리를 쓰다듬었던 손이다.

"주인님, 그 손, 아프진 않으세요?"

"응? 듣고 보니 그렇군."

어느새 통증이 느껴지지 않았다.

다른 감각이 없어진 것도 아닌데 왜 그럴까?

고개를 갸웃거리고 있자 네피가 그 손을 잡았다.

"주인님, 잠깐 실례하겠습니다."

그리고 애써 감은 붕대를 풀기 시작했다.

그러자 어떻게 된 것일까. 핏자국은 남아 있지만 창에 찔린 상처는 흔적도 없이 사라지고 없었다.

자간도 눈을 동그랗게 뜰 수밖에 없었다.

"네가 한 거야?"

"모르겠어요. ……그렇지만 아마도."

자신 없이 말하는 건 본인도 의식하지 못한 채 한 일이기 때문이리라.

동족으로부터도 학대를 받아온 그녀는 다른 사람의 상처를 치료해주고 싶다고 생각한 적도 없었을 것이다.

"놀랍군."

마법이라는 건 성검의 마력조차 능가하는 모양이다.

"정말 대단해."

"그렇, 습니까……."

"암. 고맙다, 네피."

솔직하게 감사의 마음을 전하자 네피의 눈이 휘둥그레졌다.

"왜 그러지?"

"주인님에게 그런 말을 들은 건 처음이에요."

그 한마디를 들은 자간은 머리를 싸맬 수밖에 없었다.

——나란 인간은 지금까지 '고맙다'는 말 한마디조차 하지 않았단 말인가.

네피는 줄곧 자간의 식사를 준비해주고 잡다한 시중을 들어줬는데.

"……아~, 그건, 미안."

자간의 말을 들은 네피의 귀 끝이 기뻐하는 것처럼 떨렸다.

"전 주인님의 것이니까요."

그 목소리가 행복하게 들린 것은 분명 기분 탓이 아니리라.

일찍이 자신 안에 퍼져 가던 공허한 마음이 지금은 그 어디에도 보이지 않았다.

◇

밤. 지금까지는 연구에 몰두하던 시간이지만 최근에는 잠자리에 들게 되었다. 네피가 규칙적인 생활을 하기 때문에 거기에 맞추다보니 익숙해진 것이다.

옥좌에 팔꿈치를 기대고 수마에 몸을 맡기고 있을 때였다.

방문을 두드리는 소리가 났다.

"네피인가. 이 시간에 무슨 일이지?"

평소라면 네피도 잠들었을 시간이다.

목이 마른 건지도 모르지만 이렇게 늦은 밤에 첨탑에서 내려와 옥좌가 있는 방까지 온 건 처음이었다.

방으로 들어온 네피는 새하얀 잠옷을 입고 있었는데, 한 번 잠들었다 깬 모양이었다. 두 팔로 푹신푹신한 베개를 끌어안은 모습은 이성을 잃을 정도로 사랑스러웠다.

네피는 베개를 끌어안은 채 머뭇머뭇 입을 열었다.

"저기, 주인님……."

"응?"

진지한 목소리에 자간도 자세를 바로 했다.

이윽고 네피는 결심을 한 듯 이렇게 말했다.

"같이, 자도, 될까요?"

소녀는 귀뿐만 아니라 얼굴까지 새빨개져서 그렇게 말했다.

자간도 얼굴이 굳었다.

——난 남자이고 네피는 여자인데, 둘이 함께 잔다는 말은 요컨대……!

마른침을 꿀꺽 삼킨다.

자간도 남자다. 이렇게 귀여운 소녀의 부드러운 살결을 마구 주물러보고 싶다고 생각한 게 한두 번이 아니다.

하지만 일시적인 욕망에 져서 네피에게 상처를 입히면 자간은 분명 다시 일어나지 못할 것이다.

그래서 자제해왔다.

그런데 네피가 먼저 몸을 맡기러 왔단 말인가!

잘못 들었거나 잘못 말했을지도 모르는 가능성을 고려해서 마음을 진정시키며 되물었다.

"네피, 지금 네가 무슨 말을 하고 있는지, 제대로 이해하고 있는 거냐?"

"……네."

네피도 긴장하고 있는 걸까.

눈물까지 글썽이며 이렇게 털어놓았다.

"이 성에 침대는 하나밖에 없으니까요."

환희에 찬 함성을 지르려던 자간은 고개를 갸웃거렸다.

——응? 왠지 말이 좀 이상한데?

이 성에 제대로 된 침대라면 네피가 사용하고 있는 침대 하나밖에 없다. 그 외에는 침구로 기능하지 못할 만큼 너덜너덜하고 더러워서 네피가 열심히 다 정리했다.

물론 네피의 방에서 살을 맞대는 것도 나쁘지 않지만 그녀가 하는 말은 그런 게 아닌 것 같았다.

몇 초 동안 거기까지 생각한 끝에 현재 자신의 뇌로는 처리하지 못하는 난제라는 것을 깨닫고 결국 이렇게 되물었다.

"즈, 즉……?"

네피도 자신의 표현이 부족했다는 걸 깨달았는지 수줍게 입을 가리고 다시 말했다.

"주인님은 늘 앉은 채로 주무시잖아요."

"뭐, 그렇지."

"누워서 주무시는 게 편하지 않을까 해서요."

하지만 누워서 자려 해도 침대는 네피가 사용하는 것밖에 없다.

——즉……, 어라? 몸을 허락하겠다는 뜻이 아니었나.

종잡을 수 없는 표정을 짓는 자간을 보고 네피가 말했다.

"그러니 함께, 자는 건 어떨까, 하고……."

이젠 아예 불이 날 것처럼 새빨개진 얼굴이었다.

자간도 똑같은 얼굴인 건 아닐까 싶었다.

——너무 순수해…….

즉, 육체관계를 맺고 싶다는 게 아니라 단순히 같이 잠을 자고 싶다는 뜻이었다. 그건 그것대로 고통스러울 것 같지만…….

이 정도로 사람을 달아오르게 했으니 그냥 덮쳐도 되지 않을까 하는 욕구와 네피는 이대로 순수하게 있어줬으면 하는 마음이 부딪친다.

갈등 끝에 자간이 선택한 답은 이랬다.

"네피, 마음은 고맙지만 이 방은 결계의 요충지다. 침입자가 있을 때 즉시 움직이기에 가장 적합한 곳이지."

피눈물이 흐를 것 같았다.

하지만 그것 또한 사실이었다.

──낮에 성기사들도 왔었고.

평소라면 그렇게까지 구애되지 않았겠지만 지금은 방심할 수 없다.

긴박한 일이 있은 직후에는 긴장이 풀어지기 쉽다. 그 점을 노리고 제2진이 공격해올 가능성도 낮지 않았다.

그래서 무슨 일이 생기면 즉시 대응할 수 있도록 이 방에 머물 필요가 있었다.

하지만 네피는 그 대답을 예상하고 있었던 것처럼 고개를 끄덕였다.

"그럴지도 모르겠다고, 생각했어요. 그러니……."

네피는 양탄자 위에 앉더니 두 팔을 벌렸다.

"자, 제 무릎을, 사용해주세요."

──무릎베개……라고?

이 전개는 예상하지 못했다.

게다가 베개까지 챙겨 들고 온 걸 보니 밤새도록 그렇게 해줄 모양이다. 너무 행복해서 죽을 것 같았다.

자간이 아무 대답도 못하고 있자 네피는 벌린 두 팔을 파닥파닥 흔들었다.

두 번이나 말하는 건 부끄러우니까 어서 오라는 뜻인 모양이다.

──이런 유혹을 어떻게 거절할 수 있겠냐고……!

그런 네피를 조금 더 바라보고 싶은 마음도 들었지만, 자간은 즉시 옥좌에서 일어났다.

"으, 음. 그럼 부탁해볼까."

망설이면서도 바닥에 누워 네피의 무릎 위에 머리를 올렸다.

양탄자 위를 맨발로 걸었지만 네피가 깨끗하게 세탁한 덕분에 웬만한 양탄자보다 훨씬 폭신폭신했다.

부드러운 허벅지 사이에서는 따뜻한 온기가 느껴져서 욕정보다는 묘한 편안함을 안겨주었다.

네피가 자간을 가만히 바라봤다.

"어떠, 세요?"

"나, 나쁘지 않군."

밑에서 올려다보니 그녀의 얼굴은 생각보다 큰 가슴에 가려 절반 정도밖에 보이지 않았다. 눈을 어디에 두면 좋을지 몰라 곤란한 절경이었다.

네피는 그대로 어색하게 자간의 머리를 쓰다듬었다.

간지러운 것 같으면서도 기분 좋은 느낌에 시선은 더 갈 곳을 잃고 방황했다.

자간은 평정을 가장하듯 헛기침을 했다.

"그런데 갑자기 왜 이런 생각을 하게 됐지?"

당황한 네피는 시선을 한 번 피하더니 속삭이듯 말했다.

"주인님은 제게……, 마법에 대해 알고 나서도 이곳에 있어도 된다고 말씀해주셨죠. 그래서 뭔가 보답을 하고 싶어서……."

네피가 그런 말을 하는 건 처음 있는 일이었다.

그만큼 네피가 기뻐했다는 걸 알게 되자 자간까지 기뻐졌다.

자간은 무릎베개를 하고 누운 채로 소녀의 뺨을 향해서 손을 뻗었다.

"넌 늘 잘해주고 있어. 굳이 그런 말 하지 않아도 돼."

"……네."

네피는 수줍게 고개를 끄덕였다.

자간은 미처 그녀에게 하지 못한 말이 있다는 게 생각났다. 성기사들이 오는 바람에 말하지 못했다.

"저기, 네피."

"네."

무표정하게 고개를 끄덕이는 소녀에게, 자간은 이렇게 털어놓았다.

"마술을, 배워볼 생각은 없나?"

네피는 깜짝 놀라 눈을 두 번 깜빡였다.

"제가, 마술을, 말이에요?"

"그래. 네겐 센스가 있어. 게다가 낮에 본 '마법'이라는 건 제대로 제어하지 못하잖아?"

지금은 목걸이 때문에 마술을 사용하지 못한다.

하지만 '마법'은 목걸이를 한 채로도 발현할 수 있다.

그때 그대로 놔뒀다면 네피가 공격한 기사의 몸은 산산조각이 났을 것이다. 자간의 상처를 치료해준 것도 그렇다. 좀 더 의식적으로 다룰 수 있게 되지 않으면 언젠가 자신까지 상처 입히게 될지도 모른다.

"구조가 다른 힘이다. 마술을 배웠다고 해서 '마법'을 제어할 수 있다고 장담하진 못해. 그렇지만 자신의 몸을 지킬 힘 정도는 될 거다."

다소 시간이 걸리더라도 네피의 목걸이를 풀어주겠다는 다짐을 버린 건 아니니까.

네피의 눈동자가 당혹스러움을 감추지 못하듯 흔들렸다.

"제, 제가, 할 수 있을까요……?"

"할 수 있고말고. 네피라면 나보다 더 강한 마술사가 될 수 있을 거야."

원래 네피는 강한 마력을 가진 종족이다. 거기에 네피의 센스까지 더해지면 〈마왕〉의 자리도 넘볼 수 있으리라.

네피는 가슴을 꾹 누른다.

"저도 주인님에게 도움이 될 수 있을까요?"

"이미 충분히 도움이 되고 있다니까."

단순히 일상생활의 편의만 제공해주고 있는 게 아니다.

조금씩 감정을 보여주게 되었고, 매일 얼굴을 맞대고 대화도 나눈다. 거기에서 둘도 없는 것을 얻고 있다는 실감을 느꼈다.

"저도 주인님처럼 될 수 있을까요?"

"아~……, 힘은 그렇지. 가능하면 그 이외의 것은 그대로 있어 줬으면 좋겠고."

마술은 가르쳐주고 싶지만 자간 같은 악당을 동경하는 건 좀 곤란하다.

게다가 좀 더 다양한 표정을 보고 싶기도 했지만 지금 그대로의 모습으로 있어주길 바라는 마음도 있었다.

"저도, 주인님을 지킬 수 있는 사람이, 될 수 있을까요?"

"성기사들로부터도 지켜줬잖아?"

여자의 보호를 받다니 한심한 것 같기도 하지만, 그 마음만은 솔직히 무척 기뻤다.

네피의 귀가 파르르 떨렸다.

"할게요. 주인님을 위해, 마술을 배워볼게요."

——자신을 위해 배우겠다고 하면 더 좋을 텐데…….

그래도 무언가에 의욕을 가지게 되다니 한 걸음 전진한 거라고 생각한다.

그래서 자간도 그런 네피를 칭찬해주듯 이렇게 대답했다.

"그럼 네피, 넌 지금부터 내 제자다."

"네."

그 표정은 벌써부터 행복해 보였다.

——제자라…….

말할 때까지는 생각조차 못했다. 자신의 지식과 힘을 다른 사람에게 주고 싶어 하다니.

그렇지만 네피라면 아무 조건 없이 주고 싶었다.

서로 아무 말 없이 한동안 그렇게 있었다.

그리고 문득 네피가 위로하는 듯한 목소리로 말했다.

"저기, 주인님."

"응?"

"저녁에 말이에요……."

저녁이라면 기사들을 쫓아낸 후, 네피가 자간의 상처를 치료해 줬을 때다.

"주인님이 이렇게 말씀하셨잖아요——혼자서 뭐든 할 수 있는 주인님은 약자의 마음을 모른다——라고."

"아아, 그랬지."

비밀을 털어놓은 네피에게 해준 이야기 중 하나다.

시답잖은 추억이지만 네피에게 다른 사람의 눈이나 말 따윈 신경 쓸 필요 없다는 것을 알려주고 싶었다.

네피는 자간의 머리를 사랑스럽게 쓰다듬었다.

"주인님은 아무것도 아닌 것처럼 말씀하셨지만, 사실은 괴로우셨던 거죠?"

자간의 눈이 휘둥그레진다.

"왜 그렇게 생각하지?"

네피는 새하얀 머리를 흔들며 고개를 가로저었다.

"모르겠어요. 그렇지만……."

소녀는 마치 자기가 아픈 것처럼 가슴을 눌렀다.

"그 이야기를 하던 주인님은 너무 슬퍼 보였어요."

네피는 자간을 꽉 끌어안듯이 몸을 웅크렸다.

부드러운 가슴이 얼굴 위로 내려오자 자신도 모르게 얼굴이 빨개졌다.

"어, 어이……."

그런 자간의 동요는 신경도 쓰지 않고, 네피는 이렇게 말했다.

"주인님은 나쁘지 않아요. 말수가 적어도 주인님이 다정하게 대해주신 것을 전 잊지 않고 있는걸요."

그 한마디에 자신도 모르게 눈물이 나올 것 같았다.

목소리가 떨릴 것 같아서 간신히 대답한 건 이런 말이었다.

"……그런가."

그래도 네피는 기쁜지, 귀를 흔들며 고개를 끄덕였다.

"네."

그의 얼굴 위에 드리운 네피의 가슴에서 심장 고동이 느껴진다.

긴장인지 수치심인지, 그도 아니면 다른 감정 때문인지, 아주 빠른 소리였다.

지금까지 팽팽하게 긴장하고 있던 마음이 흐물흐물 풀어지는 것 같은 느낌. 어깨에서 힘이 빠져나간다.

"네피."

"네."

일단 이름은 불렀지만 하고 싶은 말은 떠오르지 않았다.

그저 소녀의 이름을 불러보고 싶었던 것뿐이다.

"이런 것도, 나쁘지 않은 것, 같군."

"……네."

네피는 늘 그렇듯 고개만 끄덕일 뿐이다.

지금이라면 몸을 요구해도 거부하지 않을 것이다.

그렇지만 소녀의 무릎은 무척 기분 좋았다.

자간은 어느새 잠이 들었다.

이렇게 편안한 기분으로 잠든 건 상당히 오랜만이었다.

◇

"어이어이어이어이어이, 성기사의 습격을 받았다고 들었는데 어째 아무 상처도 없네?"

다음 날. 옥좌의 방.

남의 결계를 깨고 침입하자마자 그런 말을 한 건 발바로스였다.

얼굴을 보는 건 일주일 정도 만이지만 이 남자의 이런 태도는 늘 있는 일이다. 자간도 지겹다는 듯 손을 흔들었다.

솔직히 제일 도움이 필요할 때는 코빼기도 보이지 않더니 이제 와서 나타나봤자 거추장스럽기만 할 뿐이다.

"알 바 아냐. 놈들이 약한 게 잘못이지."

"약하다니, 성검 소지자까지 보냈다고 들었는데?"

"성검? 아, 그러고 보니 있었지. 그런 것도."

샤스틸을 말하는 것 같았지만, 솔직히 그 후에 네피가 '마법'을 사용하는 바람에 기억에서 사라지고 말았다.

게다가 그녀는 성기사이긴 하지만 자간에게 적의를 보이지 않았다. 진심을 다해 성검을 휘둘렀다면 자간과도 대등하게 싸울 수 있었을 것이다.

그래서 적이라는 인식이 별로 없었다.

"세상에, 성검의 소녀도 네 상대가 되지 못한다는 거냐?"

"아니, 제법 강하긴 했어. 성의 결계를 몇 개나 깼을 정도니까."

결계 복구도 아직 끝나지 않았기 때문에 이 남자와 대화를 나눌 시간이 있으면 차라리 결계를 복구하고 싶었다.

그런 대화를 나누고 있자니 네피가 홍차와 구운 과자를 쟁반에 담아 내왔다.

어느새 준비해둔 작은 테이블에 쟁반에 담아 온 것을 내려놓더니 예의 바르게 허리를 꾸벅 숙였다.

"홍차에는 우유와 설탕을 기호에 맞게 넣어서 드세요."

그렇게 말하고 자간의 뒤로 가서 서는 네피를 본 발바로스의 입이 쩍 벌어졌다.

"어, 어이, 저 녀석은, 저번에 그 엘프? 맞아?"

"그래, 그때 그 소녀가 맞아."

"아직 제물로 삼지 않은 거냐? 아니면 그거야? 목숨을 살려주는 대신 시중을 들게 하는 그런 거? 그거 괜찮군. 좋은 취미야."

발바로스가 믿을 수 없다는 듯 망상을 늘어놓자 겁에 질린 네피가 자간의 옷자락을 잡고 매달렸다.

"너랑 똑같이 취급하지 마. 네피는 그거다. ……내 제자다."

발바로스의 얼굴이 움찔움찔 경련하는가 싶더니 불합리한 현실이라도 목도한 것처럼 외쳤다.

"뭐어어? 제자? 너 방금 제자라고 했냐? 제자라면 그거지? 자신의 마술을 가르쳐주고 하는 거? 네가?"

"그러면 안 되냐?"

침을 튀기며 얼굴을 가까이 들이대는 원수 같은 친구 녀석을 짜

증난다는 듯 떠미는 자간.

그렇지만 첫눈에 반해서 샀다고 말하려니 차마 입이 떨어지지 않았다. 잠시 고민하다가 그럴싸한 변명을 떠올렸다.

"혼자서는 다루기 힘든 마술도 있잖아. 네피는 반드시 쓸모가 있을 거다."

또 네피를 도구처럼 말하고 말았지만 최선을 다한 칭찬이었다.

──마술이 있어도 혼자서는 손에 넣지 못하는 것도 있다고.

네피가 그에게 준 것은 그런 것이었다.

에두른 표현에 네피도 익숙해진 것일까. 우아하게 치맛자락을 펼치며 머리를 숙였다.

"황송할 따름입니다."

당황한 발바로스는 이마를 탁 쳤다.

"제길, 그렇지……. 엘프와 함께라면 못 부릴 마술이 없지. 그런 식으로 사용하는 건 생각도 못했네."

자간은 네피를 도구처럼 말하는 걸 듣자 자신의 얼굴이 험악해지는 게 느껴졌다.

자신도 비슷한 식으로 말했지만 다른 사람이 그렇게 말하는 건 다른 문제다.

발바로스는 깜짝 놀란 표정을 지었다.

"설마 성기사들을 단번에 물리친 것도 그 힘이냐?"

"뭐, 확실히 네피의 힘도 있긴 했지."

성기사 중 한 명은 분명 네피가 쓰러뜨렸다. 힘을 빌렸다고 해도 틀린 건 아니다.

발바로스가 묘한 표정을 지으며 중얼거렸다.

"그럼 입구에 있는 파괴의 흔적도 그게 이유인가."

그러고 보니 네피가 숲을 조종한 흔적을 복구해두지 않았다. 보아하니 발바로스도 그 흔적을 본 모양이다. 확실히 마술과는 차원이 다른 파괴였다.

자간의 표정을 긍정으로 받아들인 발바로스가 신음하듯 말했다.

"너 진짜 〈마왕〉의 자리를 노리고 있는 거냐?"

그 이름을 듣자 자간도 생각났다.

자신도, 눈앞에 있는 발바로스도 그 〈마왕〉의 후보로 선발된 상태였다. 솔직히 네피 생각으로 머리가 가득해서 최근 며칠 동안에는 생각조차 나지 않았다.

게다가 자간은 지위 이외에 노리고 있는 게 따로 있었다.

――〈마왕〉의 자리를 얻지 못하더라도 '그것'만 손에 넣으면 되니까.

네피에게 정신이 팔려서 〈마왕〉이라는 존재에 흥미를 잃었기 때문이 아니다. 오히려 지금 그 누구보다 〈마왕〉의 자리에 집착하고 있는 마술사는 바로 자간일 것이다.

정확하게는 〈마왕〉이 가지고 있는 '어떤 것'이 필요했다.

그렇지만,

――〈마왕〉이라는 지위가 있으면 네피에게 손을 대려는 마술사는 없어지려나?

네피는 자간의 제자가 되었다. 자간이 〈마왕〉이 되면 그녀는 〈마왕〉의 제자, 나아가 차기 〈마왕〉에 가장 가까운 존재가 된다.

아무리 실력에 자신이 있는 마술사라도 그런 사람을 상대로 싸움을 걸 바보는 없다.

그래서 자간은 사납게 웃어 보였다.

"노리지 않을 이유라도 있나?"

솔직히 지금 단계에서 자신이 선택될 일은 없을 것이라고 생각한다.

겸손이나 비하가 아니라 18세라는 나이로 몇 백 년이나 살아온 다른 마술사들을 제치는 건 쉬운 일이 아니다.

자간이 마술사로서의 길을 걷기 시작한 건 불과 10년 전이지만, 다른 마술사들은 몇 백 년이나 되는 시간을 투자해서 그것을 이루어냈다. 아무리 발버둥 쳐도 세월과 함께 얻은 지식과 경험의 축적은 이기지 못한다.

——그래도 안 죽고 살아 있으면 그 다음 〈마왕〉은 노려볼 수 있겠지.

〈마왕〉의 세대교체는 그리 자주 일어나는 일이 아니지만 백 년 정도 살다보면 분명 다음 기회가 올 것이다.

자간은 홍차가 든 컵을 들었다.

가슴이 후련해지는 향기를 음미한 다음 컵에 입을 댄다. 어떤 브랜드인지는 모르지만 우아한 맛이 났다. 구운 과자와도 아주 잘 어울렸다.

"음. 맛있군."

"황송하기 그지없습니다, 주인님."

그런 대화를 나누는 모습을 발바로스가 의외라는 얼굴로 쳐다

보고 있었다.

"자간, 설마 그럴 일은 없겠지만, 그 녀석에게 정이 생겼다거나 그런 건 아니지?"

"제자를 소중히 여기는 게 그렇게 이상한 일이냐?"

말하고 보니 제자라는 단어는 참 편리하다는 생각이 들었다. 첫눈에 반한 사실을 어떻게 얼버무릴지 늘 고민이었는데 이 한 단어가 다 해결해주었다.

발바로스가 소리 높여 웃었다.

"푸하하, 옳거니, 그런 거냐. ……네게도 인간다운 면이 남아 있었구나."

"신경 꺼."

발바로스는 홍차를 단숨에 다 들이키더니 자리에서 일어났다.

"뭐야, 벌써 가려고?"

"그래. 너한테 〈마왕〉의 자리를 양보할 생각은 없거든. 게다가 생각지 못한 수확도 있었고."

고개를 갸웃거리는 자간을 아랑곳 않은 채, 발바로스는 정말로 돌아갔다.

"저 녀석, 도대체 뭘 하러 온 거야……."

어이가 없어서 한숨을 쉬자 네피가 의아한 목소리로 물었다.

"친구분 아니세요?"

"농담이라도 그런 말 하지 마. 친구라는 건 상대를 잘 고르지 않으면 불이익만 얻게 되는 존재야."

"그렇지만 주인님, 즐거워 보이셨어요."

"그래?"

"네."

인정하고 싶지는 않았지만, 네피는 확신을 가지고 고개를 끄덕였다.

——그딴 녀석과 이야기하는 게 즐겁다고?

말도 안 된다. 네피의 착각이다.

하지만 왠지 그것을 부정할 수도 없었다.

어쩌면 자신은 깨닫고 있지 못한 것뿐, 사실 자간은 꽤 복이 있는 편인지도 모른다.

납득이 가지 않는 마음을 홍차와 함께 흘려 넘긴 다음 자간도 옥좌에서 일어났다.

"자, 그럼 성기사들이 파괴한 결계를 고치러 가볼까. 네피, 너도 와라. 마법진의 기초부터 시작할 거니까."

"네, 주인님."

말을 걸면 대답해준다.

혼자가 아닌 시간은 의외로 달콤했다.

◇

자간이 네피를 산 지 보름이 지났다.

그녀는 마술의 기초에 대해서도 열심히 공부해서 목걸이만 벗으면 웬만한 마술은 사용할 수 있을 수준에 도달해 있었다.

역시 '마법'은 아직 제어하기 힘든 것 같았다. 그리고 그 힘 또한 만능은 아니어서 제약도 많다고 한다. 그 문제를 개선하기 위해서는 아직 갈 길이 먼 것 같다.

그래도 두 사람은 제법 충실한 나날을 보내고 있었다.

그 무렵, 자간에게 〈마왕〉이 보낸 소환장이 도착했다.

——도대체 무슨 용건이지?

그렇게 해서 나간 곳에는 열두 명이나 되는 사람들이 기다리고 있었다.

각자 얼굴을 가리고 있거나 자간이 있는 위치에서는 보이지 않는 곳에 있어서 얼굴을 확인하는 것은 불가능했다.

하지만 그런 은폐는 아무 의미도 없었다.

그들로부터 느껴지는 격이 다른 마력 때문에 그 정체는 저절로 알 수 있었다.

——어이, 어이.

이마에 땀이 배어나는 게 느껴진다.

그저 응시당한 것뿐인데도 몸속 깊은 곳에서부터 떨려오는 위압감. 대기 자체가 진흙이 된 것처럼 들러붙는 악의. 이곳에 서 있는 것만으로도 위장 속의 내용물이 역류할 것 같았다.

그들은 정말 자신과 같은 생물인 걸까?

뱀 앞에 놓인 개구리의 심정이 아니다. 뱀의 뱃속으로 집어삼켜진 개구리가 된 기분이다.

현존하는 열두 명의 〈마왕〉——그들이 지금 이 자리에 집결해 있었다.

마술사의 최종 목표가 그들이다.

저들 중 한 명이 되느냐, 저 자리에 도달하지 못하고 낙오하느냐, 마술사의 미래는 그 두 가지밖에 존재하지 않는다.

이윽고 한 명이 엄숙하게 입을 열었다.

"그대가, 자간인가."

뒤이어 여자의 목소리가 울려 퍼졌다.

"젊다고 듣긴 했는데 아직 앳되어 보이군."

다른 목소리도 이어졌다.

"흥미로워. 최연소 기록이라."

〈마왕〉들은 자간을 보며 재미있다는 듯 웃었다.

구경거리가 된 것 같아 기분은 좋지 않았다. 경의를 보여야 할 상대였지만 자간은 노인네들의 도락에 어울려줄 시간 따위는 없었다.

——빨리 돌아가지 않으면 네피가 만들어준 저녁을 못 먹게 될 텐데.

게다가 이러고 있는 지금도 네피는 혼자 그를 기다리고 있을 것이다.

성의 결계는 복원했지만 성검급의 무기를 가진 성기사나 발바로스 정도 되는 마술사가 상대라면 침입은 막지 못한다. 네피의 '마법'이 불안정한 이상, 장시간 성을 비울 수는 없다.

그래서 자간은 뻔뻔하게 내뱉었다.

"소환한 이유가 신기한 동물 관찰인가? 구경이 끝났으면 난 이만 돌아갔으면 하는데."

자신보다 한참 강한 자들을 상대로 죽임을 당해도 불평할 수 없는 폭언이었지만 〈마왕〉들은 오히려 기분이 좋아진 듯이 중얼거렸다.

"후후, 실례를 범했군."

"우리도 자네 같은 마술사는 처음이라서 그렇다. 호기심이 동하는 걸 용서해주게."

"게다가 대담하군. 이 자리에서 우리에게 그런 기세로 말을 하다니."

저마다 웃더니 그들 중 리더로 보이는 사람이 말했다.

"단도직입적으로 말하지."

노회한 목소리는 듣고 있기만 해도 심장을 세게 움켜쥐는 느낌이었다.

자간은 식은땀이 흐르려는 것을 꾹 참고 그 사람을 똑바로 응시했다.

그리고 그 사람은 이렇게 고했다.

"마술사 자간. 그대를 우리의 열세 번째 맹우——〈마왕〉으로 맞이할까 한다."

너무도 갑작스러운 말에 자간도 딱딱하게 굳고 말았다.

——내가 잘못 들었나? 나를 〈마왕〉으로 삼겠다고?

환희에 앞서 자신을 속이는 게 아닌가 하는 의심이 피어올랐다.

입을 열기 전에 〈마왕〉들의 등 뒤에서 빛으로 이루어진 거대한 문양이 떠올랐다.

아니, 빛이 아니다. 마력이다. 예사롭지 않은 밀도와 양을 가진 마력이 자아낸 것이었다. 보기만 해도 무릎을 꿇고 싶어지는 압도적인 힘의 집합체였다.

그리고 그 문양과 똑같은 힘이 이 자리에 있는 열두 명에게서 느껴졌다.

리더격인 사람이 말했다.

"마르코시어스가 지니고 있던 〈마왕의 각인〉이다. 〈마왕〉의 자리를 잇는다는 건 이 문양을 이어받는 작업을 뜻한다."

마른침을 꿀꺽 삼켰다.

――〈마왕〉이라는 건 단순한 칭호가 아니었나?

문양의 계승――이런 힘을 계승한다면 마술사가 〈마왕〉에 대적하는 건 있을 수 없는 일이다. 모든 마술사가 〈마왕〉을 따라야만 하는 것은 단순한 상하관계 때문이 아니었던 것이다.

이런 것을 보여준 걸 보니 자간을 〈마왕〉으로 삼겠다는 건 농담이 아닌 것 같다.

정신을 차리고 보니 목구멍이 바싹 말라 있었다.

자간은 목을 움찔거리며 되물었다.

"나를, 〈마왕〉으로 삼겠다고?"

"거부하는 건가?"

"그런 건 아니지만 이해가 안 돼서 말이지. 나보다 강한 마술사가 없는 것도 아니잖아?"

예를 들면 발바로스도 그중 한 명이다.

네피를 산 경매장에서 본 마술사들도 자간보다 오래 살면서 막대한 지식과 힘을 쌓은 사람들일 터였다.

심지어 자간은 통칭조차 가지고 있지 않았다.

"당연히 품을 수 있는 의문이다, 자간. 네 힘은 왜소하니까."

"우리가 살짝 불기만 해도 사라질 정도로 말이지."

하지만 그들은 이야기를 이어갔다.

"그래도 너를 죽일 수 있는 마술사는 없다."

마음속으로 혀를 찼다.

——손바닥 안까지 죄다 꿰뚫어 보고 있군.

자간의 마술은 저들이 말한 그대로의 힘을 가지고 있었다.

"네가 처음 죽인 마술사는 〈원차(怨嗟)〉라는 이름을 가진 안드라스였지."

마술을 위한 산 제물로 삼기 위해 자간을 납치한 마술사의 이름이다.

"현재의 그대 정도 되는 힘은 없었지만 약한 마술사도 아니었다."

"만에 하나라도 여덟 살밖에 되지 않는 어린아이에게 질 만큼 무능하지도 않았지."

"그런데 넌 반대로 그를 죽이고 그가 가진 모든 예지(叡智)를 빼앗았어."

악행의 기록.

그런데 〈마왕〉들은 그것을 마치 위업이라도 되는 듯이 이야기했다.

“그때까지의 인생에서 그대가 마술을 접할 기회는 없었다.”

“네가 마술을 본 것은 안드라스가 네게 사용한 단 한 번뿐이었지.”

“그런 네가 통칭을 가진 마술사를 어떻게 죽였을까?”

그들 중 한 명이 애정을 담듯이 말했다.

“넌 단 한 번 보기만 했는데도 마술을 익힌 거다.”

아니지, 하고 다른 사람이 말한다.

“그 한 번에 마술의 구조까지 이해한 거지.”

“그렇기 때문에 딱 한 번 본 것만으로 유일무이한 마술을 **창조**한 것이고.”

자간은 그만의 마술을 하나 가지고 있다. 안드라스에게서 빼앗은 것도 과거의 마술에서 배운 것도 아니다.

다른 누구도 다루지 못하는, 자간만의 마술이다.

그것이 바로 가장 처음 배운 마술이자 안드라스를 죽인 마술이었다.

“외경해야 할 마술. 그리고――.”

“소름 끼치는 재능.”

열두 명의 마왕은 찬양하듯 속삭였다.

"그건 네가 빼앗기로 결심하면 아무도 막지 못한다는 뜻이다."

"그건 네가 죽이기로 결심하면 아무도 살아남지 못한다는 뜻이다."

"그대가 힘을 원하면 모든 마술사는 모든 것을 바쳐야만 하지."

"네가 한 번 명령하면 모든 마술사는 무조건적으로 따라야만 한다."

"그야말로 〈마왕〉이라는 이름에 어울리는 폭군의 힘이다."

저마다 찬미의 말을 늘어놓았지만 그 목소리에서는 '자신에게는 미치지 못하지만'이라는 확신이 또렷하게 느껴졌다.

그리고 그것을 확인하듯 말을 이었다.

"모순되지만 지금의 넌 왜소하다."

"하지만 두려울 정도로 강력한 재능."

"재능이란 가능성이다."

"그대는 언젠가 역사상 최강의 마술사가 될 것이다."

"그래서 굳이 왜소한 널 〈마왕〉으로 삼으려는 것이다."

"이 모든 것은 높은 예지를 위해."

"이 모든 것은 마술을 궁구(窮究)하기 위해."

노래하는 것 같은 〈마왕〉들의 합창이 멎었다.

자신이 그들의 분위기에 휩쓸렸다는 것을 자각했다.

그것을 떨쳐내듯 자간은 그들을 노려보았다.

"그 말대로라면 난 이 자리에서 당신들의 것도 빼앗을 수 있다는 뜻이군?"

물론 이 자리에서 그들에게 싸움을 걸 정도로 자간은 멍청하지 않다. 그럼에도 그들이 어떤 존재인지 확인하기 위한 질문이었다.

그 말을 기다리고 있었던 것처럼 〈마왕〉들은 웃었다.

"그렇다. 허나 명심토록 해라."

"우리로부터 빼앗는 것보다 그대가 잃게 될 것이 더 클지도 모른다."

자간은 후회했다.

——거기까지 파악하고 있다는 건 네피에 대해서도 알고 있다는 뜻인가.

〈마왕〉이 가진 최대의 힘으로 저항할 것이다. 그렇다면 단순한 인질로 끝날 리 없었다. 설사 네피와 만나기 전이었다고 해도 결과는 달라지지 않는다.

그들은 적대하는 모든 것을 파멸시킨다.

아무리 〈마왕〉이라도 자간을 죽일 수는 없을지도 모르지만, 죽임을 당하지 않는다는 것뿐이지 자간 역시 〈마왕〉을 쓰러뜨리진 못한다. 무언가를 얻을 때마다 그것을 빼앗기고 파괴당하게 된다.

결국은 파멸할 뿐.

그리고 그때 처음으로 자간은 깨달았다.

——난 그런 일에 네피를 끌어들인 건가?

자, 하고 리더격인 사람이 말한다.

"그대의 대답을 듣고 싶군."

"……그 전에 한 가지 원하는 것이 있다. 대답은 그것을 손에 넣을 수 있는지 여부에 달렸다."

"하하, 욕심이 많군. 말해봐라."

자간은 자신이 원하는 것의 이름을 말했다.

그들은 흥미롭다는 듯 고개를 끄덕였다.

"좋다. 마르코시어스의 유산 전부를 그대 마음대로 해도 된다."

"꽤나 쉽게 말하는군."

"말했을 텐데. 그대가 빼앗기로 결심하면 아무도 막지 못한다고."

그가 원했던 것은 김이 샐 정도로 간단히 손에 들어왔다.

자간은 고개를 끄덕였다.

"그렇다면 〈마왕〉의 지위, 감사히 받도록 하지."

그러자 리더가 말했다.

"새로운 맹우를 환영하자."

의외로 그때 자간을 향해 쏟아진 것은 박수였다.

인간과 대화를 나누고 있다는 느낌이 들지 않을 정도였는데 의외로 인간다운 반응이었다. 그게 오히려 더 불길하게 느껴졌다. 마치 인간이 아닌 괴물이 인간을 흉내 내는 것 같았다.

정신을 차리고 보니 꽉 쥔 주먹은 땀으로 흠뻑 젖어 있었다.

그래도 중압감에서 어느 정도 해방된 자간은 이 자리와는 상관없는 질문을 던질 여유를 되찾았다.

"당신들에게 한 가지 물어보고 싶은 게 있어. 사람의 가죽을 벗겨서 마술을 부리는 남자를 알고 있나?"

그들 중 한 명이 즉시 입을 열었다.

"〈스킨 오프〉를 말하는 것 같군. 별 볼 일 없는 마술사다. 네가 이미 해치웠다고 들었는데?"

그 마술사가 맞는 모양이다.

"실력 있는 마술사였나? 다른 마술사의 영지에서 그 결계를 깰 수 있을 만큼?"

"무리일 텐데. 녀석은 첩자로는 우수했지만 결계에 대해서는 어린애 장난 같은 수준을 벗어나지 못했다."

그 대답을 들은 자간은 한층 더 우울해졌다.

——즉, 녀석에게는 협력자가 있었다는 말이군.

그리고 자간의 결계를 깰 수 있는 사람은 한정되어 있다. 그 '협력자'의 정체는 금방 짐작이 갔다.

마술사라는 인종이 얼마나 구제불능이고 이기적인 동물인지 뼈저리게 깨달았다.

그는 고개를 갸웃거렸다.

"네가 신경 쓸 정도의 남자도 아니었던 것 같은데?"

"그래, 맞아. 괜한 질문을 했군. 그냥 잊어줘."

그러고 나자 다른 사람이 음, 하고 고개를 끄덕였다.

"깜빡 잊고 있었군."

"뭘 말이지?"

"자네에겐 통칭이 없었지. 여간 불편한 게 아니다."

"아, 그러고 보니 그렇군."

그런 자간에게 〈마왕〉이라는 이름이 주어진 건 전대미문의 사건이었다.

"허나 그대의 이름은 이미 정해져 있지 않나?"

"그렇지. 마르코시어스도 이미 정해뒀었고."

이리하여 자간은 뜻하지 않게 〈마왕〉의 지위를 손에 넣었다.

◇

"어서 오세요, 주인님."

성으로 돌아가자 네피가 맞아주었다.

여전히 별다른 변화 없는 표정이었지만 귀가 쫑긋거렸다.

자간이 돌아오기를 손꼽아 기다린 듯한 반응이었다.

"식사 준비가 다 되었답니다. 오늘 저녁은 새끼양 스튜를 준비해봤어요."

"아, 그래……."

부드럽게 반응해주는 네피를 보니 갑자기 죄책감 같은 것이 치밀어 올랐다.

──네피는 아직 더러워지지 않았어.

엘프 마을에서 일어난 사건에서도 그녀는 아무 짓도 하지 않았고 아무도 죽이지 않았다. 성기사를 공격했을 때도 결국엔 자간이 막았다.

하지만 자간은 다르다.

다르다는 사실이 생각나고 말았다.

정체를 알 수 없는 〈마왕〉들.

마술사들의 궁극의 목표에 이른 사람이 그들이다.

모든 마술사의 도달점이 그곳이었다.

자간은 그들과 동류다. 이미 똑같은 인간이 되고 말았다. 그런 자간과 함께 있다는 건 네피의 종착지 또한 그곳이라는 뜻이다.

빛 한 줄기 비치지 않는 암흑의 진흙 밑바닥.

——지금이라면 되돌릴 수 있을지도 몰라.

자간은 이미 늦었지만, 네피에게는 아직 빛으로 충만한 미래가 있다.

"주인님? 무슨 일 있으셨어요?"

고개를 숙이고 있자 네피가 걱정스럽게 올려다봤다.

방금 전까지만 해도 쫑긋 서 있던 귀까지 축 처졌다. 타인인 자간을 진심으로 걱정해주고 있는 게 느껴졌다.

이렇게 기특한 소녀를 그 암흑 속으로 끌어들이는 것이 올바른 일일까?

지금도 네피의 목에는 투박한 목걸이가 채워져 있었다.

그녀를 자간의 소유물로 만드는 상징이다.

——이것만 없으면 네피는 자유로워질 수 있어.

목걸이만 없으면 다른 사람들도 편견 없이 받아들여줄 것이다.

큐아노에이데스가 좋을 것 같다.

그 마을 사람들은 마술사인 자간과 목걸이를 한 네피도 따뜻하게 대해주었다. 게다가 무슨 일이 생기면 자간이 지켜줄 수 있는 거리다.

처음엔 네피도 당황할지 모르지만 사람들의 따뜻한 환대를 받으면 서서히 마음을 열게 될 것이다. 자간에게도 이만큼이나 마음을 허락해줬으니 말이다.

자간은 품에서 열쇠 한 벌을 꺼냈다.

"네피, 난 〈마왕〉의 자리에 오르게 되었다."

"마왕이라구요?"

"마술사의 왕이다. 다른 마술사들을 거느리는 마술사의 정점이지."

소녀는 눈을 휘둥그레 뜨더니 두 손을 모으고 고개를 끄덕였다.

"축하드립니다, 주인님."

표정은 변함이 없었지만 진심으로 축하해주는 것이 느껴졌다.

그래서 더 견딜 수 없이 가슴이 아팠다.

몸이 찢겨나가는 것 같은 마음으로 말을 이었다.

"〈마왕〉의 이름을 계승하면서 선대 마왕인 마르코시어스의 유산도 손에 넣게 되었다. 네피, 널 잡은 마술사 말이다."

그리고 지금 자간의 손에 들려 있는 열쇠도 마르코시어스의 유산이었다.

자간이 열두 명의 〈마왕〉에게 요구했던 것이다.

"네피, 움직이지 마."

그리고 소녀의 목걸이에 열쇠를 넣었다.

찰칵, 하는 가벼운 소리와 함께 쇠로 된 목걸이는 조각조각 흩어졌다.

"엇……?"

네피는 믿기지 않는다는 얼굴로 바닥에 떨어진 목걸이의 잔해를 바라봤다.

"주, 주인님, 이건……."

웃음을 짓는 네피를 보고 자간은 고개를 끄덕였다.

"그래. 〈마왕〉인 내겐 더 이상 네가 필요 없다. 그러니까 그만 나가줘."

누구보다 사랑하는 소녀에게 자간은 차갑게 말했다.

서투르기만 한 두 사람의 공동생활이 마침내 끝을 고한 순간이었다.

정신이 드니 네피는 마을의 한쪽 구석, 아무도 없는 폐가 앞에 웅크리고 앉아 있었다.

──어째서 내가 이런 곳에 있는 거지……?

머릿속에 안개가 낀 것처럼 잘 생각이 나지 않는다.

와본 적 있는 곳이다. 큐아노에이데스던가? 자간과 처음으로 외출했던 마을이고 그 후에도 식료품을 사기 위해 종종 들렀던 곳이다.

여기까지 어떻게 왔는지 도통 기억나지 않았다.

무엇보다 이런 곳에서 무엇을 하고 있는 걸까. 저녁 준비를 했던 것까지는 기억나는데, 자간이 그것을 먹어줬었나?

네피가 처음으로 만들었던 요리이자 늘 무뚝뚝한 그가 눈을 동그랗게 뜨고 기뻐해줬던 스튜를 만들었었다.

그가 그렇게 기뻐하는 얼굴을 또 보고 싶어서.

어서 그가 있는 곳으로 돌아가야 한다.

그렇게 생각하다가 자신의 손에 무언가 쥐여져 있다는 것을 깨달았다.

조각이 난 목걸이 파편. 네피의 목에는 더 이상 목걸이가 채워져 있지 않았다.

──아아, 그래. 난…….

"주인님에게, 버림받고 말았어요."

입 밖으로 꺼내서 말하는 순간 사고가 갈래갈래 찢어졌다.
마음이 정체되어가는 것이 느껴졌다.
그렇지 않으면 네피는 제정신을 잃었을지도 모른다.
——곁에 있게 해달라고 말씀드렸는데…….
처음이었다.
네피를 한 인간으로 대해주고 말도 많이 걸어주었다. 잘 곳과 입을 것을 마련해주고 살아가는 보람을 가르쳐주었다.
자신이 필요하다고 말해준 사람은 자간뿐이었다.
네피가 있어도 되는, 그녀가 머물 곳을 찾은 줄로만 알았다.
그런데…….
무릎을 끌어안고 얼굴을 묻었다.
"이럴 때는 눈물도 안 나오는가 봐요……."
자간에게 버림받았다는 실감이 나지 않았다.
그래서인지도 모르지만 슬프다는 감정이 생기지 않았다.
이대로 눈을 감고 잠들면 다시 깨어났을 때는 성으로 돌아와 있는 게 아닐까 하는 생각도 들었다.
하지만 그럴 리 없다, 이것이 현실이라는 것도 머리 한켠에서는 이해하고 있었다.
그런데 아무 감정도 들지 않았다.
그때였다.

"넌 그때 그……? 마술사 자간의 하인?"

처음 듣는 목소리였다.

고개를 드니 그곳에는 기사 갑옷을 걸친 소녀가 서 있었다. 등에는 커다란 검을 짊어지고 있다.

목소리는 들은 적 없지만 그 차림새는 본 적이 있는 것 같아서 한동안 관찰했다. 이윽고 어디서 봤는지 생각났다.

"주인님과 싸웠던……?"

그때의 기사 중 한 명이다.

그러고 보니 이 소녀만 큰 부상 없이 돌아갔었다.

――잘 들어, 네피. 성기사들에게는 가까이 가지 마라.

언제였을까, 자간이 그런 말을 해준 적이 있다.

마술사를 눈엣가시처럼 여기고 그들과 관계된 모든 사람을 죄인으로 처형하는 킬러다. 자간을 모시고 있는 네피도 노릴 수 있으니 조심하라고 했다.

그렇게 말해준 자간은 더 이상 자신의 곁에 없다.

어째서 이렇게 되었는지 하나도 모르겠다.

"전 이제 죽는 거군요."

네피는 모든 것을 체념한 것처럼 중얼거렸다.

아마 이 소녀도 '마법'을 봤다. 자간처럼 인정 많은 마술사조차도 악이라고 단정 짓는 인종이 마법을 다루는 네피를 살려둘 리 없다.

목걸이는 더 이상 없다.

자간이 가르쳐준 마술과 마법이 있으면 눈앞에 있는 소녀와 싸울 수 있을지도 모르지만, 이제는 그렇게 할 의미조차 찾을 수 없었다.

——주인님이 안 계신데 내가 살아 있은들 아무 의미도 없어.

여기서 죽어도 상관없다고 생각했다.

……그런데 소녀는 당황한 얼굴로 고개를 가로저었다.

"자, 잠깐! 오해하지 마. 난 너한테 어떤 위해도 가할 생각이 없어."

"……? 성기사는 마술사를 죽이는 사람 아니에요? 전 마술사인 주인님의 하인이자 주인님의 제자입니다. 자, 어서 목을 베든 말든 마음대로 하세요."

"사, 사람을 살인귀처럼 말하지 마!"

"아닌가요?"

"아니야!"

어째서인지 소녀는 눈물을 글썽이며 부정했다.

그런 입씨름을 시작했기 때문일까, 어느새 주위에 사람들이 모여 있었다.

(어이, 이게 무슨 일이야. 저기 있는 사람, 네피 아니야?) (성기사야. 네피가 마술사의 하인이라서 찍힌 거 아냐?) (누가 좀 도와줘야 할 것 같은데. 네피, 딱 봐도 마음이 약해 보이잖아.)

구경꾼들은 저마다 제멋대로 떠들고 있었지만 왠지 비난의 화살은 소녀에게 집중되고 있었다.

"아, 아니라고 했잖아!"

소녀는 겁에 질린 것처럼 후퇴했다.

그러자 보다 못한 듯 구경꾼들 속에서 한 사람이 튀어나왔다.

"세상에! 네피, 괜찮아?"

네피를 등 뒤로 감싸며 뛰어든 사람은 눈에 익은 익인족 아가씨였다.

"마뉴엘라, 씨."

네피의 옷을 골라준 옷가게 점원이다.

그 후에도 가끔 마을에서 마주치면 새 옷을 권해주곤 했다. 성에서 입었던 잠옷도 그녀가 골라준 것이었다.

네피의 얼굴을 본 마뉴엘라는 말문이 막혔다.

"이, 이게 어떻게 된 거야? 무슨 일을 당한 건 아니지? 다친 곳은? 주인님은 안 계시고?"

아무래도 네피는 꽤나 보기 딱한 표정을 짓고 있는 모양이다. 마뉴엘라는 피투성이가 된 부상자라도 발견한 것처럼 당황해서 어쩔 줄 몰라했다.

"아무 일도, 아니에요. 다친 곳도, 없고요."

"아무 일도 아닌 게 아니잖아!"

익인족 아가씨는 고함을 지르더니 소녀를 노려보았다.

"잠깐, 당신! 교회의 기사인지 뭔지는 모르겠지만 부끄럽지도 않아? 이렇게 약하고 착한 아이를 괴롭히다니!"

"맞다, 맞아!" "성기사는 돌아가!" "기부금이나 내려줘!"

사람들 사이에서 비난의 폭풍이 몰아쳤다.

"그, 그게 아니……."

"뭐가 아니라는 거야!" "네피가 저런 표정을 짓게 만들어놓고 잘도 아무렇지도 않네!" "인간이 할 짓이 아니지!"

폭우와 같은 노성에 소녀의 얼굴이 순식간에 새파랗게 질리더니 털썩 주저앉았다.

소동은 점점 더 커져갔지만 성기사 소녀는 네피에게 아무 짓도 하지 않았다. 그래서 가만히 중재에 나섰다.

"저기, 잠깐만요, 여러분."

"괜찮아, 네피. 우리가 지켜줄게."

과감하게 미소를 지어 보이는 마뉴엘라에게 네피는 시체 같은 눈빛을 하고 이렇게 말했다.

"……저기, 저 사람은 제게, 아무 짓도 하지 않았어요."

주위가 조용해졌다.

"엇, 그렇지만……."

"아니라고 했는데……."

성기사 소녀는 이미 눈물을 흘리고 있었다. 눈물과 콧물로 얼굴이 엉망이 되었다.

"훌쩍, 나도……, 상처 입은 표정인 여자아이가 있으면, 훌쩍, 걱정 정도는, 한단 말이야……."

아무래도 그녀는 네피가 정말 딱한 얼굴로 웅크리고 앉아 있었기 때문에 말을 건 것뿐이었던 모양이다.

자기 때문에 심하게 추궁을 당했다고 생각하니 어쩐지 미안한 마음이 들었다.

"저……."

마뉴엘라가 노골적으로 곤란한 표정을 지었다.

"그럼, 네피, 왜 그런 얼굴이었어? 보통 일이 아닌 것 같은데."

"그건……."

"으아아아아앙!"

뭐라고 대답하면 좋을지 망설이고 있자 성기사 소녀는 이제 부끄러운 줄도 모르고 큰 소리로 울기 시작했다.

네피는 자리에서 일어나 머리를 꾸벅 숙였다.

"소란을 피워서 죄송합니다. ……기사님께도, 실례가 많았습니다. 그럼 전 이만."

그대로 자리를 떠나려고 하자 마뉴엘라가 허둥지둥 붙들었다.

"자, 잠깐 기다려. 지금 네 그 꼴을 보고 어떻게 그냥 놔두라는 거야?"

"그치만……."

네피의 시선이 향한 곳에는 오열하는 성기사 소녀가 있었다. 오히려 이쪽이 더 그냥 놔둘 수 없을 것 같았다.

마뉴엘라도 말문이 막히는지 가만히 있더니, 이윽고 "아, 내가 못살아!"라고 외치며 붉은 머리를 마구 쥐어뜯었다.

"둘 다 따라와!"

이렇게 해서 마술사의 제자와 성기사와 옷가게 점원이라는 기묘한 조합으로 이루어진 세 사람은 서둘러 그 자리를 떴다.

◇

"……흉한 모습을 보여서 미안해."

마침내 울음을 그친 성기사는 코가 빨개진 얼굴로 그렇게 말했다. 다시 보니 성기사 소녀는 네피와 같은 또래인 것 같았다.

세 사람은 술집에 들어가게 되었는데, 영 껄끄러운 분위기가 조성되었다. 그렇게 넓은 가게도 아닌데 주위에 있는 손님들이 벽가로 자리를 옮겼다.

할 수만 있다면 네피도 그들 사이에 섞여서 벽에 있는 장식품이라도 되고 싶은 심정이었지만, 이렇게 된 원인 중 하나는 자신에게 있었다.

자간에게 상처를 입힌 적 있는 성기사는 그렇다 쳐도 마뉴엘라는 네피를 감싸려고 하다가 이런 일에 말려들고 말았다. 네피도 그녀를 버리고 도망칠 정도로 아무것도 느끼지 못하게 된 것은 아니었다.

하지만 새삼 어떤 표정을 지으면 좋을지 알 수 없었다.

그래서 네피도 무표정한 얼굴로 아무 말 없이 있는 것 말고는 달리 할 수 있는 게 없었다.

마뉴엘라가 애써 밝은 목소리로 말했다.

"여기라면 아는 얼굴도 많아서 일단은 안전해. 2층은 숙박시설이기도 하고……."

네피의 상태와 자간의 모습이 보이지 않는 걸 보고 오늘은 돌아가지 못할 것 같다고 배려해준 것 같았다.

얼떨결에 가게로 끌려온 네피는 고개를 옆으로 흔들었다.

"전 지금, 돈이 없어요."

정말로 옷만 달랑 입은 채 나온 모양이었다. 호주머니 안에는 저녁 식사 레시피 메모만 들어 있을 뿐, 다른 건 아무것도 없었다.

그 메모지를 본 마뉴엘라의 표정도 어두워졌다.

"아, 진짜! 오늘밤은 내가 한턱낼 테니까 일단 앉아! 아직 밥 안 먹었지?"

대답을 할 생각은 없었지만 네피의 옆에 있는 성기사 소녀의 배에서 꼬르륵 하는 소리가 났다.

마뉴엘라가 차가운 눈으로 쳐다봤다.

"……."

"거, 거 참 미안하게 됐네!"

마술사의 제자인 네피와 성기사는 서로 적이다. ……그랬을 터였다.

하지만 이 가련한 소녀에게서는 적개심 비슷한 것도 느껴지지 않았다.

마뉴엘라는 네피를 자리에 앉힌 다음 이것저것 요리를 주문했다. ……대부분 술인 것 같았지만.

요리를 기다리고 있자 성기사 소녀가 입을 열었다.

"그러고 보니 아직 통성명도 하지 않았군. 난 샤스틸이라고 한다. 보다시피 성기사로 일하고 있고."

"……난 마뉴엘라. 네가 먹은 건 네가 내!"

"이 자식, 왜 나한테는 그렇게 쌀쌀맞은 거야?!"

"그야 네가 진짜로 네피를 괴롭히지 않았는지 모르니까!"

성을 습격한 적이 있기 때문일까.

성기사 소녀——샤스틸의 몸이 경직되었다.

"으……, 그건."

"이것 봐! 역시 무슨 짓 한 거 맞지?"

"그, 그렇지만 그건 임무였기 때문에……."

"뭐어? 임무면 위해를 가해도 된다는 거야?"

아무래도 마을 주민들은 기사를 탐탁지 않게 생각하는 것 같다.

원래 이 큐아노에이데스는 마술사의 영지였다고 한다. 그 점도 주민들의 사고방식에 영향을 미쳤을 것이다.

다시 울음을 터뜨리려는 샤스틸에게 네피가 말했다.

"아뇨, 괜찮아요. 그때도 결국 아무 일도 당하지 않았거든요."

"진짜야?"

"주인님에게 상처를 입힌 건 다른 분이었고, 그분에게는 제대로 갚아주었으니까요."

'마법'을 떠올린 걸까, 샤스틸의 몸이 움찔 떨렸다.

"그러면 이 사람은 뭘 했는데?"

"잘 모르겠어요. 그렇지만 우리를 도와 다른 분을 데리고 가주셨어요."

"아, 짐꾼 비슷한 거구나?"

"네."

"아니라니까!"

샤스틸이 테이블을 쾅 내리치며 말했다.

"난 성검의 소녀다! 즉, 열두 명밖에 없는 성기사장 중 한 명이란 말이다! 그런데 그 말투는 뭐야!"

"그런데 뭔가 잘못을 하셨나요?"

"그건……, 으으."

샤스틸은 다시 말문이 막혀서 우물거렸다.

――이 사람, 마음이 약하구나――――.

그런 이야기를 하는 사이 네피의 앞에 스프 한 그릇이 놓였다.

"저, 죄송해서 이건 먹을 수가 없어요."

"난 술을 마실 건데 아무것도 먹지 않고 거기 그냥 앉아 있을 생각이야? 그러면 나도 기분 좋게 취할 수가 없잖아."

"네에……."

잘 이해가 되지 않는 논리였지만 그 기세에 압도당해 고개를 끄덕이고 말았다.

――어째서 이 사람은 이렇게 다정하게 대해주는 걸까…….

스푼을 들기 위해 줄곧 소중히 안고 있던 목걸이 파편을 테이블 위에 내려놓았다.

"목걸이, 부서진 거야?"

"아뇨, 주인님이, 풀어주셨어요."

샤스틸이 네피의 목을 가만히 쳐다봤다.

"그런 것치고는 별로 기뻐 보이지 않네――아얏."

"……당신은 분위기 파악도 못해?"

마뉴엘라에게 다리를 걷어차인 모양이다. 다리도 갑옷의 보호를 받고 있을 텐데 그 빈틈을 노린 일격인 것 같았다. 샤스틸의 눈에는 눈물이 맺혀 있었다.

네피는 뭐라 대답하면 좋을지 몰라 스푼을 쥐었다.

"……잘 먹겠습니다."

"응."

스푼을 입으로 가져가자 왠지 그리운 맛이 났다.

아니, 그리운 게 아니다. 저녁에 자신이 직접 만든 스프와 똑같은 맛이었다.

새끼양으로 만든 스튜다.

또르르, 뺨을 따라 뜨거운 것이 흘러내렸다.

"어라……?"

흘러내린 것은 눈물이었다.

슬픔조차 느끼지 못했는데 따뜻한 스프를 마시자 눈물이 끊임없이 뚝뚝 떨어졌다.

샤스틸이 주저하며 물었다.

"괘, 괜찮아? 내가 또 나쁜 말이라도 한 거야?"

"으흑, 으아아아아아아아아아아아아아아앙!"

차마 억누르지 못한 오열이 흘러나온다.

――도대체 왜 그러신 거예요, 주인님…….

울음을 터뜨린 네피를 마뉴엘라는 모든 걸 다 이해한다는 듯 그 커다란 날개로 끌어안아주었다.

"아아, 진짜……. 두 사람 다 이 언니 품에서 실컷 울어."

"나, 난 아니거든."

세상은 네피가 생각하는 것보다 훨씬 더 다정한지도 모른다.

한바탕 울고 난 후, 네피는 성에서 있었던 일을 띄엄띄엄 이야기하기 시작했다.

마뉴엘라는 커다란 맥주잔을 한 손에 들고 말없이 그 이야기를 들어주었다. 이야기가 끝났을 때는 빈 맥주잔이 5개나 줄지어 있었지만.

샤스틸도 긴장한 얼굴로 이야기를 들어주었다. 그녀 역시 성기사이긴 해도 나쁜 사람은 아닐지도 모른다.

이야기가 끝나자 마뉴엘라는 발그레해진 얼굴로 맥주잔을 테이블에 난폭하게 내려놓았다.

"——그래서 이유도 모른 채 쫓겨났다는 거지?"

네피는 작게 고개를 끄덕였다.

"제가 뭔가 실수라도 한 걸까요?"

너무 갑작스러워서 아무것도 알 수 없었다.

샤스틸이 분개해서 고개를 끄덕였다.

"제법 괜찮은 남자라고 생각했는데 뭐 이런 녀석이 다 있어? 그냥 네피를 이용하기만 한 거잖아."

"주인님은 그런 분이 아니에요."

얼른 대꾸하자 샤스틸은 살짝 기가 죽었다.

"그, 그 정도는 알고 있지만, 그래서 당신을 쫓아낸 이유를 더 알 수 없잖아……."

"주인님에 대해 뭘 얼마나 알고 계신가요?"

"앗, 그렇게 화내지 말고……."

"화내는 게 아니에요."

우느라 지친 네피는 평소보다 더 표정 없는 얼굴이었다. 샤스틸은 덜덜 떨었다.

마뉴엘라가 끼어들어서 다독였다.

"암, 사랑하는 주인님을 욕하는 말을 들으면 누구든 화가 나는 법이지."

"욕한 게 아니라고요!"

말다툼을 하는 두 사람을 보고 있던 마뉴엘라가 다시 네피에게로 시선을 돌렸다.

"그나저나 네피는 이제부터 어떻게 할 생각이야?"

"어떻게, 할까요……."

어떻게 할지 몰라서 그런 곳에 웅크리고 앉아서 멍하게 있었던 것이다.

샤스틸이 헛기침을 한 번 하고 말했다.

"우리 성기사가 보호하는 건 어떨까? 마술사에게 피해를 당한 주민을 보호하는 것도 성기사의 임무니까."

"뭐? 당신들에게 잡혀가면 종교 재판에 회부될 게 눈에 훤히 보이는데? 역시 그냥 네피를 괴롭히고 싶은 것 아니야?"

"아니라니까! 그리고 네피는 그냥 하인이고 피해자라는 점을 강조하면 교회도 지켜줄 수밖에 없을 테니까……."

"피해자가 아니면 재판에 회부된다는 거잖아. 들키면 끝인 위험한 곳에 어떻게 네피를 맡기란 말이야?"

"그러면 어떻게 하란 거야……."

입술을 삐죽이며 부루퉁해진 샤스틸을 보고 네피는 고개를 가로저었다.

"마음은 감사하지만 그건 주인님을 나쁜 사람으로 만드는 일이에요. 전 그럴 수 없습니다."

샤스틸도 어깨를 늘어뜨렸다.

그러더니 어떻게 말하면 좋을지 망설이며 입을 열었다.

"당신에게 한 가지 물어보고 싶은 게 있어. 자간이라는 마술사가 여러 마술사를 거느리고 납치와 산 제물을 이용한 의식을 벌인다고 생각해?"

"그렇게 생각하지 않아요."

아마도 마술사에 대한 편견이겠지만, 네피는 즉시 대답할 수 있었다.

그런 인간은 설사 네피에게 호의를 가지게 되었다고 해도 똑같은 짓을 반복할 것이다. 네피에게 인격을 요구할 리 없다.

"주인님은 약자에게는 신기할 정도로 관심을 가지지 않는 분이에요. 노상강도의 습격을 받은 마차를 도와줬을 때도 그냥 노상강도들이 마음에 안 들어서 그런 거라고 말씀하셨을 정도로요."

어쩌면 네피를 안심시키기 위해 한 말일지도 모른다.

그 광경은 네피의 마을이 습격 받았을 때의 기억――공포라기보다는 죄책감이지만――을 떠올리게 했다.

그래서 네피가 새파랗게 질려 있는 것을 본 그는 노상강도를 공격하기 시작한 것이다.

――이딴 놈들은 먼지나 다름없다――

그렇게 말하면서.

그 누구의 보답도 바라지 않고, 심지어 네피의 칭찬도 기대하지 않았다.

……실제로는, 본인은 네피에게 좋은 모습을 보여주려고 했지만 그녀는 그 사실을 인식하지 못했다.

샤스틸은 신음하듯 고개를 끄덕였다.

"역시……."

"그런데 무슨 일로 그런 걸 물으신 건가요?"

"아니, 당신 말이 맞을 거야. 실제로 검을 맞대고 싸웠을 때도 그 남자는 내가 여자라는 이유만으로 힘을 빼고 싸워줬거든. 굴욕이긴 했지만, 음, 뭐라고 할까……."

샤스틸이 우물거리며 말을 머뭇거리자 맥주잔을 하나 더 비운 마뉴엘라가 씩 웃었다.

"어라어라? 그 얼굴은 뭐죠, 성기사님? 사랑에 빠진 소녀 같은데요?"

"무, 무례한 소리 하지 마라!"

샤스틸은 고함을 지르고 나서 어깨를 축 늘어뜨렸다.

그리고 이런 말을 중얼거렸다.

"처음 만났을 때, 그 남자는 도움을 필요로 하는 것처럼 보였어."

그 한마디에 네피의 심장은 크게 떨렸다.

——주인님은 가끔 굉장히 쓸쓸한 얼굴을 하세요.

특히 과거 이야기를 할 때는 자주 그런 표정을 지었다.

자간과 샤스틸이 어디에서 만났는지는 모르지만 자신 이외에 자간의 그런 맨 얼굴을 알고 있는 사람이 있다는 사실에 살짝 질투가 나는 것과 동시에 조금 기쁘기도 했다.

——내가 알고 있는 주인님의 얼굴은 절대 거짓이 아니야.

처음 만난 날 밤, 더 이상 보지 못할 줄 알았던 달을 다시 한 번 볼 수 있게 되자 너무 기뻐서 손을 뻗었다. 자간은 그 옆에서 함께 달을 바라봐주었다.

——아무것도 안 잡히는데——곤혹스러운 듯 그렇게 중얼거리면서.

그것이 거짓일 리 없다.

그리고 이렇게도 생각한다.

——주인님은 지금도 도움을 필요로 하고 계신 것은 아닐까요…….

네피에게 나가라고 말한 그의 얼굴은 네피보다 더 비통했다.

가슴에 손을 올린다.

마뉴엘라와 샤스틸에게 허심탄회하게 다 털어놓은 덕분일까, 자간에 대해 제대로 생각할 수 있을 만큼 냉정함을 되찾았다.

자신이 알고 있는 주인은 용건이 끝났다고 자신을 버릴 사람이었을까?

——절대 아니에요.

분명 무슨 사정이 있어서 그랬을 것이다.

그렇게 생각하자 헤어질 때 자간이 했던 말 중에 유난히 마음에 걸리는 단어가 있었던 게 생각났다.

"저, 〈마왕〉이라는 건 어떤 건가요? 혹시 알고 계세요?"

경위를 설명할 때도 깜빡 잊고 그 이름을 말하지 않았다.

마뉴엘라와 샤스틸이 서로 얼굴을 마주 봤다.

"마술사 중에 제일 높은 사람 아니야? 이 마을도 마르코시어스라는 〈마왕〉이 두목 같은 것이었는데, 치안도 좋았고 딱히 무섭다는 인상은 없었어."

단, 하고 한마디 덧붙였다.

"그 〈마왕〉이 얼마 전에 죽었는데 그 후로 불길한 사건이 잇달아 일어나고 있어."

"……마술사에 의한 연쇄 소녀 납치 사건 말인가?"

"맞아, 그거. 일단 범인은 교회가 토벌했다고 듣긴 했지만."

샤스틸이 꺼낸 말을 들은 마뉴엘라가 고개를 끄덕였다. 네피도 자세히는 모르지만 소문 정도는 들었다.

교회와 성기사가 그 사건을 해결했다는 말을 들은 네피는 고개를 갸웃거렸다.

"그런 것치고는 마을 사람들이 별로 호의적으로 생각하지 않는 것 같았는데요……."

"윽, 그건……."

"그 후에 구출료라면서 말도 안 되는 액수의 기부금을 징수당했지. 누가 순순히 고맙게 여길 수 있겠어?"

"기부인데도 징수하는 거예요?"

"그렇다니까. 이해를 못하겠어."

찌릿 노려보자 샤스틸이 슬픈 듯 어깨를 늘어뜨렸다.

"저기, 이분이 직접 징수하신 건 아니잖아요? 그럼 이분을 비난해도 소용없는 일인 것 같아요."

샤스틸이 다시 눈물을 글썽이며 네피를 바라봤다.

"당신은 참 착한 사람인 것 같아. 그 남자가 곁에 두고 싶어 하는 것도 이해가 돼."

"그런, 가요……?"

그런 말을 들은 건 처음이라 깜짝 놀란 네피는 눈을 깜빡였다.

그리고 고개를 옆으로 흔들었다.

"잠깐 이야기가 샌 것 같군. 교회에서는 〈마왕〉을 성기사가 목숨을 걸고서라도 쓰러뜨려야 하는 악의 상징이라고 하지. 성검이 열두 자루 밖에 없는 데 비해 〈마왕〉은 열세 명이나 있어. 전원 다 찌르더라도 한 자루 부족하니까."

교회의 최대의 적——자간은 그런 존재가 되었다는 말이었다.

"〈마왕〉이 되면 교회와 싸워야만 하는 거예요?"

"그렇지. 현재 〈마왕〉 중 한 명이 죽으면서 교회도 타도 마술사……, 아니, 그렇다고 내가 그렇게 생각하고 있다는 뜻은 아니고. 어쨌든 교회도 마술사를 없애기 위해 기세를 올리고 있는 중이야."

마뉴엘라가 노려보자 샤스틸은 서둘러 다시 말했다.

"만약 새로운 〈마왕〉이 탄생한다면 교회는 좋은 기회가 왔다고 판단할 거다. 지금 해치우지 않으면 얼마나 무서운 마술사가 될지 상상조차 되지 않으니까. 어쩌면 마술사끼리도 그 자리를 노리고 싸우는 자가 있을지도 모르고."

그런 〈마왕〉이 된 게 자간이라고 한다.

――싸움이 벌어지게 되는 걸까요.

그래서 네피를 그런 곳에서 멀어지게 하려고 한 건 아닐까.

손바닥을 쳐다본다.

지난 일주일 동안, 자간은 간단한 마술의 기초를 가르쳐주었다. 자신의 몸을 지킬 방법을 가질 수 있도록, 언젠가 '마법'을 제어할 수 있도록.

하지만 아니다.

――난 주인님의 힘이 되고 싶어서 마술을 배운 거예요.

다시 돌아가도 걸리적거리기만 할지도 모른다.

그래도――,

네피는 자리에서 일어났다.

"주인님이 계신 곳으로 다시 돌아가야겠어요."

"괘, 괜찮겠어? 쫓겨난 것 아니었어?"

마뉴엘라와 샤스틸은 놀란 표정을 지었지만 네피는 고개를 가로저었다.

"주인님은 강한 분이에요. 분명 누구에게도 지지 않을 만큼 강할 거예요. 하지만 그렇다고 상처를 입지 않는 건 아니에요."

――강한 사람은 약한 사람의 마음을 모른다――.

자간이 숨김없이 털어놓은 이야기다. 그는 절대 상처 입었다는 말은 하지 않았다.

그런데도 그렇게 말한 그는 굉장히 슬퍼 보였다.

고작 그것만으로 인간에게 실망한 것은 아니리라. 하지만 타인과 어울리는 것을 포기한 계기가 되지는 않았을까 하는 생각이 들었다.

그런 그를 보고, 다짜고짜 끌어안아주고 싶어졌었다.

“전 주인님의 힘이 되지는 못할지도 몰라요. 그렇지만 앞으로 절대로 상처 입지 않는 일은 없을 거라고 생각합니다.”

그래서, 하고 네피는 말을 이었다.

“전 그런 주인님의 버팀목이 되어드리고 싶어요.”

자만일지도 모른다.

돌아가더라도 다시 쫓겨날지도 모른다.

하지만 그때, 자간을 끌어안은 네피를 그도 받아들여주었다.

——그러니 그렇게 곁에 있어주고 싶다.

불과 보름밖에 되지 않는 시간이지만 자간과 함께 한 추억을 믿고 싶다.

혼자여도 괜찮은 사람은 없다.

네피도 그랬으니까.

샤스틸이 미소 지었다.

“그래? 그럼 나도 내가 할 수 있는 일을 하러 가볼까.”

“……? 다시 주인님과 싸우실 생각인가요?”

“아니야!”

새빨간 얼굴로 외치는 샤스틸.

“그런 게 아니라, 그러니까……. 난 그를 감싸주는 건 못하지만 오명은 씻겨줄 수 있을지도 몰라.”

“오명……?”

네피가 고개를 갸웃거리자 샤스틸은 머리를 끄덕였다.

“자간의 이름을 사칭하고 나쁜 짓을 저지르고 다니는 마술사가 있는 것 같다.”

그게 연쇄 납치 사건의 범인이라는 것을 네피는 모른다.

샤스틸도 그것을 감추듯 말했다.

“그 남자를 함정에 빠뜨리려는 것인지도 몰라. 그러니까 그 마술사들을 잡겠어.”

“성기사와 마술사는 적대 관계에 있는 것 아닌가요?”

“그건 그렇지만…….”

샤스틸은 겸연쩍어하며 중얼거렸다.

“덕분에 두 번이나 목숨을 구했는데 아무 보답도 못하는 건 분하잖아.”

이 소녀 나름대로 생각하는 게 있는 모양이다.

마뉴엘라가 생글생글 미소 지으며 그런 두 사람을 바라보았다.

“자, 두 사람도 이제 화해한 것 같으니 슬슬 마무리를 지어볼까? 아, 계산은 여기 있는 기사님이 할 거야!”

“뭐? 난 아무것도 주문하지 않았다고!”

놀림 당하는 샤스틸을 보니 왠지 네피도 긴장이 풀리는 듯했다.

——이런 느낌은 뭐라고 부르는 걸까.

마뉴엘라가 당황한 네피에게 팔짱을 꼈다.
"자, 또 곤란한 일이 있으면 언제든 나한테 와. 불평 정도는 들어줄 수 있으니까. 그 대신 가게에 있는 상품도 좀 입어줘야겠지만, 아하하!"
네피는 화들짝 놀라 고개를 갸웃거렸다.
"마뉴엘라 씨는 어째서 그렇게 다정하게 대해주시는 거예요?"
자간이 다정하게 대해준 것과는 또 다른 느낌이다.
마뉴엘라는 그런 것도 모르냐며 눈을 동그랗게 떴다.

"친구니까 그렇지!"

익숙하지 않은 단어에 자기도 모르게 숨을 삼키는 네피.
"친, 구……."
"어, 아니야?"
"……잘 모르겠어요. 지금까지 그런 말을 해주신 분은 없었거든요."
떠오르는 건 자간과 딱 한 번 그의 성을 찾아왔던 마술사——발바로스라는 이름을 가지고 있었다——의 관계 정도. 자간과는 서로 욕을 해대는 사이였지만 기묘한 편안함이 느껴져서 솔직히 살짝 질투했다.
아마 친구라는 건 그런 관계를 말하는 것이리라.
마뉴엘라는 잠깐 놀란 표정을 지었지만 곧 웃었다.
"그러면 내가 첫 친구가 되는 셈이네? 잘 부탁할게!"

“저, 저기……, 네.”

“우와, 귀까지 새빨개졌어. 괜찮아?”

그러자 샤스틸도 머뭇거리며 손을 들었다.

“저, 나도, 그렇게 생각해도 될까?”

“뭐가?”

“으으윽, 나도, 친구라고 생각해도 되냐고!”

“뭐어? 당신 성기사잖아? 마술사랑 친구가 되어도 돼?”

“그렇지만!”

샤스틸이 또 눈물을 글썽이자 마뉴엘라는 자신의 자랑거리인 날개로 덮어주었다. 그리고 어쩔 수 없다는 듯 기사의 붉은 머리를 빗겨주었다.

“친구가 아니라면 이렇게 괴롭히면서 장난치지도 못하지 않겠어?”

“……괴롭히면서 장난치는 게 친구인가?”

샤스틸은 영 납득이 가지 않는 표정을 지었지만 그래도 얼굴만은 안심한 것처럼 보였다.

그렇게 해서 가게를 나와 헤어지려고 할 때였다.

“샤스틸 님!”

길 건너편에서 굵은 목소리가 들렸다.

시선을 돌리니 성기사 갑옷을 입은 세 남자가 달려오는 게 보였다. 근육질의 남자들이 왠지 낯익어서 네피는 눈을 가늘게 떴다.

“힉, 네, 네놈은 그때 그!”

노려보고 있다는 걸 느낀 걸까, 3인조 중 늘씬한 장신의 남자가 펄쩍 뛰어올랐다.

그 모습을 보니 네피도 생각이 났다.

"그때 주인님에게 상처를 입힌 사람……?"

"어, 뭐? 저 녀석들도 네피의 주인님을 다치게 했어? 이래서 교회 관계자들은……."

"도대체 당신은 왜 그렇게 교회를 적대시하는 거야?"

기사들이 각각 무기를 꺼내 들자 샤스틸이 그들을 중재하듯 끼어들었다.

바로 그때였다.

"히히힛, 아주 사이가 좋군, 보기 좋아."

바로 뒤에서 왠지 기분 나쁜 목소리가 들렸다.

그리고 곧이어 발밑에 진흙 같은 어둠이 펼쳐졌다.

"엇——."

무슨 일이 일어났는지도 모르는 사이에 네피는 허리까지 어둠 속으로 끌려 들어갔다.

"네피——으앗?"

성검을 뽑으려던 샤스틸도 검은 진흙 같은 물체에 붙들렸다. 팔을 움직이지 못해서 검을 빼지도 못한 채 어둠 속으로 끌려 들어간다.

"샤스틸 님!"

기사들이 달려왔지만 이미 늦었다.

그래도 샤스틸은 기사였다.

"도망, 쳐……, 마뉴엘라."

자신도 진흙 속으로 빠져들고 있으면서 제일 멀리 있는 마뉴엘라를 어둠 밖으로 떠밀었다.

익인족 소녀는 날개를 펼쳐 공중으로 도망쳤다. 하지만 진흙 같은 촉수가 튀어나와서 마뉴엘라는 서둘러 상승해서 달아났다.

"크, 시민을 지켜라!"

그제야 도착한 기사들이 검으로 촉수를 벴다.

"쳇, 한 마리 놓쳤군. 뭐, 괜찮아——**내 이름은 자간**! 이 자를 구하고 싶으면 내 성으로 찾아오도록 해라."

암흑의 주인은 자간과는 조금도 비슷하지 않은 목소리로 그렇게 말했다.

네피는 그 목소리를 들은 기억이 있었다.

"어째서, 당신, 이……."

암흑 속에 낯익은 얼굴이 떠올랐다.

◇

몇 시간 후.

달이 뜬 한밤의 황폐한 성.

그 입구에서 자간은 밤하늘을 올려다보고 있었다.

처음 만난 밤, 네피는 달을 향해 손을 뻗었다. 그 행동의 의미는 뭐였을까. 이젠 확인해볼 방법도 없다.

자간은 다시 달을 향해 손을 뻗어봤지만 역시 아무것도 잡히지 않았다.

——아냐, 그때는 잡았던 건지도 몰라.

처음으로 마음을 빼앗긴 소녀가 그때는 곁에 있어줬으니까.

"혼자 있으면 이곳이 이렇게 조용한 곳이었구나."

너무 조용해서 귀가 아플 정도다.

네피도 말수가 많은 소녀는 아니었지만, 청소와 식사 준비 등을 하느라 여기저기 뛰어다니는 그녀의 소리는 확실히 이 성에 활기를 불어넣어줬다.

아무도 없는 숲에서 자간은 그렇게 우두커니 서 있었다.

그런 그의 발밑에서 신음 소리가 들렸다.

"크윽, 이 무슨……. 우리, 창천의 세 기사가 한꺼번에 덤벼도, 당해내지 못하다니……."

얼마 전에 침입해왔던 세 바보……, 아니, 세 기사다. 살기등등해서 습격하러 왔길래 일단 맞아주러 나온 참이었다.

——〈마왕〉의 자리를 이어받았다는 이야기를 듣고 온 건가?

그런 것치고는 너무 빠른 것 같았지만 지금은 아무래도 상관없었다.

더 이상 네피는 없다.

자간이 나가라고 했을 때 본 그녀의 얼굴을 잊을 수가 없다.

——상처 입었겠지.

당연하다.

혼자는 괴롭다.

네피는 가슴 아플 만큼 그것을 통감했을 것이다.

그런 그녀가 드디어 마음을 열고 감정을 보여주게 되었다.

그런 식으로 받아들여놓고 자기 마음대로 내치다니, 그냥 상처 입히는 것보다 훨씬 더 지독하다.

——하지만 그 마을 사람들이라면 잘 대해줄 거야.

큐아노에이데스의 주민들이 장을 보러 간 네피를 호의적으로 받아들여준 건 이미 알고 있다.

교회의 눈도 속여줄 것이다.

게다가 네피가 자간과 함께 한 시간은 고작 보름밖에 되지 않는다. 세상 사람들의 관심이 식으면 둘의 관계를 파헤치려는 사람도 없어질 것이다.

마술사나 교회와는 상관없이 평온하게 따뜻한 온기 속에서 살아갈 수 있다.

그것으로 충분하다.

모든 게 다 잘 마무리되었다.

그리고 자간이 성으로 돌아가려고 할 때였다.

"잠깐만……."

바닥에 엎어져 있던 기사 중 한 명이 자간의 다리를 잡았다. 세례 갑옷은 부서졌고, 그렇게 자랑스러워하던 장검도 부러진 기사였다.

자간은 지친 듯이 한숨을 쉬었다.

"난 지금이 기분이 좋지 않다. 저번처럼 봐줄 거라고 생각하지 마라."

본래라면 여기서 죽었어야 할 그들이 아직 살아 있는 건 자간이 직접 처리하기 전에 덫에 걸려 쓰러졌다는, 봐준 것 이전의 문제였다.

——그러고 보니 이 트랩도 네피와 함께 만들었지.

그녀의 '마법'을 제어하는 실험 중 하나로 일정한 조건에서 해방되도록 마법을 걸어둔 것이다.

일단 이 기사들도 성 앞까지 침입해올 수 있을 만큼 실력 있는 성기사들이다. 그런 그들을 이렇게 간단히 처리했으니 실험은 성공이리라.

그것을 네피에게 전할 방법은 없지만.

자간이 기사의 손을 걷어차려고 하자 기사는 피를 토하는 듯한 목소리로 호소했다.

"우리는 어떻게 돼도 상관없다! 하지만 그분만은……, 샤스틸 님만은, 살려줘."

"샤스틸……?"

그러고 보니 오늘은 성검을 가진 소녀의 모습이 보이지 않았다.

이 세 기사가 앞서서 달려온 것인 줄 알았는데…….

"그분은 납치 사건의 범인은 네놈이 아니라면서 추기경 각하와 대립하면서까지 진범을 찾고 계셨다. 네놈이 범인이 아니라면 그분만은 풀어줘도 괜찮지 않겠나."

"……도대체 무슨 말을 하는 거냐?"

큐아노에이데스에서 일어나고 있는 연쇄 납치 사건의 범인으로 자신이 거론되고 있다는 건 알고 있다. 그리고 아마 진범이 누구인지도.

하지만 기사들은 단순한 심증만으로 그렇게 말하고 있는 것 같지 않았다.

"그 녀석이 납치를 당했나?"

"시치미 떼지 마라! 샤스틸 님을 어둠 속으로 끌고 들어가면서 이곳으로 오라고 한 건 네놈이잖아!"

그제야 납득이 갔다.

아무래도 이 기사들은 자간이 샤스틸을 납치했다고 생각하고 이곳을 습격한 것 같았다.

누군가의 거짓말에 놀아난 것 같지만, 자간은 샤스틸과 싸웠을 때 힘을 빼기는 했어도 제법 호각이었다. 그 일이 심증에 쓸데없이 신빙성을 부여한 듯했다.

——아니면 그것도 이놈들을 부추기기 위한 연출이었나?

그때 자간이 샤스틸을 죽였다면 성기사장 살해 사건으로 보고, 교회도 총력을 기울여 토벌에 나섰을 것이다. 죽이지 않고 돌려보내도 지금처럼 그녀를 납치한 범인이라는 근거로 삼을 수 있다.

그날 있었던 습격 자체가 그것을 위한 계략이었는지도 모른다.

"그렇다면 꽤나 용의주도하군."

그리고 생각한다.

——그래. 그 녀석이 납치되었군.

성기사의 신분임에도 자간을 도와주려고 했었다. 잔걱정이 많은 녀석이라는 생각도 했고, 미워할 수 없는 녀석이라는 느낌도 받았다.

그렇지만 그녀를 도와준 건 우연히 눈앞에서 죽음의 위기에 처한 것을 봤기 때문이다.

어디로 납치되었는지, 아니, 그보다 아직 살아 있기는 한지도 모르는데 구하러 갈 거냐고 묻는다면 고민하지 않을 수 없다.

"샤스틸 님을 돌려줘……."

눈앞에서 온갖 비난을 퍼붓는 것도 의욕을 꺾기에 충분했다.

죽어가는 것을 보고도 모른 척하는 건 뒷맛이 찝찝하지만, 도와달라고 하면 도와주기 싫어진다. 자간은 원래 그렇게 비뚤어진 성격의 소유자였다. 사악하지는 않을지 모르지만 결코 착한 사람도 아니다.

어떻게 할지 고민하고 있을 때였다.

"마술사 씨~!"

하늘에서 자신을 부르는 목소리가 들렸다.

성기사가 침입하는 바람에 이곳까지 쳐둔 결계가 의미를 잃고 말았다.

"이번에는 뭐지?"

그렇게 말하며 한 발 뒤로 물러났다.

그 직후, 하늘에서 여자가 내려왔다.

"크억!"

여자는 성기사의 머리 위에 착지했다.

그녀의 얼굴을 본 자간은 눈썹을 찌푸렸다.

"넌……?"

하늘에서 내려온 사람은 금색 날개를 가진 익인이었다. 안면이 있다. 네피의 옷을 산 가게 점원이다.

걷어차인 기사가 노성을 질렀다.

"네 이놈, 왜 방해하는 거냐!"

"그러니까 범인은 이 사람이 아니라고 했잖아!"

"무슨 말을 하는 거야! 네놈도 이곳으로 침입하려고 한 것 아니냐!"

"도움을 요청하기 위해 온 것뿐이야. 그런데 왜 공격하고 그래!"

말싸움을 벌이는 소녀와 기사를 보고 자간은 한숨을 흘렸다.

――귀찮은데 밖으로 내쫓을까.

자간이 마법진을 사용하려고 하자 소녀가 매달렸다.

"마술사 씨, 좀 도와줘. 그 아이들이……, 네피와 샤스틸이 납치당했어!"

"뭐라고?"

왜 거기서 네피의 이름이 나오는지 알 수 없었지만 자간은 신음을 내뱉었다.

바닥에 쓰러져 있는 세 기사들도 납치 이야기를 했었다. 큐아노에이데스의 연쇄 납치 사건은 아직 끝나지 않았다. 그 사건에 네피도 말려들었다는 말인가.

――아냐, 그럴 리 없어.

자간이 짐작하고 있는 사람이 범인이라면, 이는 자간에 대한 도발이다.

그녀가 자간의 시녀이자 제자이기 때문에 노린 것이다.

――거리를 두는 게 너무 늦었나?

신음하며 생각에 잠겨 있자 마뉴엘라가 어깨를 흔들었다.

"부탁이야, 마술사 씨라면 도와줄 수 있잖아?"

"그, 그렇지만……."

자간이 공공연하게 구하러 가면 이번에야말로 네피는 자신의 부하라는 사실이 알려지게 된다. 모두 그녀를 자간의 동료라 생각할 것이다. 교회로부터도 도망치지 못하게 된다.

물론 이대로 모른 척 버릴 생각은 없지만 자간과 관계가 있다는 사실을 어떻게 숨길지도 생각해둬야 한다. 지금 당장 날아갈 수는 없었다.

갈등하는 자간을 향해 마뉴엘라가 외쳤다.

"뭘 그렇게 고민하고 있어! 네피는 무슨 일이 있어도 당신에게 돌아가려고 했단 말이야!"

"뭐……라고?"

자간이 눈을 부릅뜨자 마뉴엘라는 울먹이는 목소리로 호소했다.

"당신이 네피를 내쫓았다는 이야기는 들었어. 그래도 네피는 당신의 곁에 있고 싶다고, 당신의 버팀목이 되고 싶다고, 그러니 아무리 쫓겨나더라도 다시 돌아가겠다고 했단 말이야!"

마뉴엘라가 자간의 멱살을 잡았다.

"당신들 마술사라는 인종은 그런 마음을 알고도 아무것도 느끼는 게 없어? 그러면 왜 그 애에게 다정하게 대해준 거야!"

마뉴엘라가 가슴을 툭 때렸다.

성기사도 마술사도 아닌, 평범한 여자의 손이다.

그런데도 아팠다.

지금까지 당했던 그 어떤 공격보다 아팠다.

——네피는 돌아오려고 했던 건가. 그렇게 심한 말을 한 내 곁으로…….

어째서, 라는 생각은 하지 않았다.

자간은 지난 보름 동안 네피를 봐왔다.

그녀가 왜 그랬는지, 감정이 풍부한 그 귀를 보지 않아도 알 수 있다.

걱정해준 것이다.

이런 악당인 자간을.

더 괜찮은 사람을 걱정해주면 좋을 텐데.

자신은 이미 돌이킬 수 없는 짓을 했다.

자간은 한숨을 깊이 내쉬었다.

"……그래. 네 말이 맞아."

자간은 웃었다.

"마술사는 철두철미한 쓰레기다. 자기밖에 생각하지 않는, 다른 사람은 도구로밖에 생각하지 않는, 그래서 생명 따윈 아무 데서나 그냥 자라나는 것이라고 생각하지."

"무, 무슨 말을……."

"그런 내가 다른 사람을 신경 쓰다니, 어떻게 된 게 분명해."

한때는 심각하게 고민했지만, 실로 어리석은 생각이었다.

——그래. 마술사는 자신의 이익만 생각하면 되는 거다.

이렇게 괴로운 생각 따윈 할 필요 없다.

원하는 대로 살면 되는 것이었다.

처음 그 소녀와 만났을 때, 망설이지 않았던 것처럼.

그녀가 무서워한다는 이유만으로 고문 기구와 강도들을 먼지로 만든 것처럼.

성기사가 창을 겨눴을 때, 머리보다 몸이 먼저 앞서서 그녀를 지켜준 것처럼.

갑자기 창백하게 질린 익인 소녀에게 자간은 말했다.

"고맙다. 덕분에 머리가 맑아졌어."

무슨 일을 할지는 처음부터 정해져 있었다.

그래서 자간은 발을 내딛었다.

"네피는 내 것이다. 그런 네피에게 손을 댄 바보에게는 피의 축제를 맛보게 해줘야지."

자신의 손이 더러워지든, 마술사라는 존재가 더러워지든 알 바 아니다.

〈마왕〉이라는 권력과 마력을 모두 바쳐서라도 그 모든 것으로부터 네피를 지켜주기만 하면 되었던 것이다.

——그런데도 난 두려워했지.

열두 명의 〈마왕〉——자신보다 압도적으로 강하다고 느낀 그들의 기백에 지고 만 것이다.

그래서 그런 약한 소리나 해서 네피에게 상처를 주었다.

——아직 기회가 있는 걸까?

그건 모른다.

하지만 지금 자간이 해야 하는 일은 하나밖에 없었다.

그리고 어안이 벙벙한 채로 있는 기사들이 떠올랐다.

——하는 김에 샤스틸도 구할까.

네피와 함께 붙잡혔다면 어차피 그 근처에 굴러다니고 있을 테니까.

자간이 발뒤꿈치로 바닥을 때리자 발밑에 커다란 마법진이 펼쳐졌다. 이전에 샤스틸을 영지 밖으로 내쫓은 전이 마법진이었다.

이번 마법진은 한 마법사의 거점으로 이어져 있다.

——범인이 누구인지는 이미 알고 있으니까.

그런 다음 익인족 소녀를 바라봤다.

"넌 네피를 위해 화를 내주었다. 왜지?"

"친구니까 그렇지……."

머뭇거리며 대답하는 마뉴엘라에게 자간은 손을 내밀었다.

"그렇다면 함께 갈 테냐? 네피를 구하러 가는 거다."

"……갈게."

발밑에서 기사들도 신음을 흘리며 외쳤다.

"자, 잠깐 기다려, 우리도, 샤스틸 님이 있는 곳으로……."

이미 일어나지도 못할 만큼 엉망진창인 상태였지만, 세 기사는 자간의 다리에 매달려 그렇게 말했다.

"……나 원, 알았다, 알았어. 데리고 가줄 테니까 그 더러운 손은 놔라."

이렇게 해서 마술사와 성기사, 그리고 옷가게 점원이라는 기묘한 조합의 일행이 마법진 안으로 사라졌다.

◇

"——네피, 다친 곳은 없어?"

눈을 뜨니 어두컴컴한 감옥 속에 있었다.

동굴 같은 곳을 개조한 걸까. 바닥도 벽도 모두 바위로 되어 있고 천장에는 뾰족한 돌이 매달려 있었다. 종유석이다. 지면에 종유석이 없는 걸 보면 바닥은 평탄하게 만드는 작업을 한 것 같았다. 쇠창살은 없지만 그 대신 벽에 사슬이 달려 있었다.

빛이 비치는 방향으로 시선을 돌리자 안쪽에 커다란 동굴이 있는 것처럼 보였다. 빛을 내고 있는 것은 마법진 같았는데 예사롭지 않은 크기였다.

네피가 있는 곳에서는 부분적으로밖에 보이지 않지만, 원의 전체 모습을 생각하면 자간의 성에 있는 홀 하나보다 더 클지도 모른다.

절그럭 하는 사슬 소리가 울려 퍼졌다. 네피의 목에는 다시 목걸이. 손과 발에도 족쇄가 채워져 있었는데, 각각 마력을 봉하는 힘이 있다는 사실을 알 수 있었다.

옆에는 샤스틸도 묶여 있었는데, 검과 갑옷을 모두 빼앗긴 채 수갑이 채워져 있었다. 일반적인 셔츠와 스커트 차림인 모습은 성기사라는 말이 도저히 믿기지 않는 평범한 소녀였다.

두 사람의 사슬은 석벽에 묶여 있어서 아무리 힘을 줘도 풀 수 없을 것 같았다.

예전의 네피라면 또 모든 것을 포기하고 가만히 있었을 것이다. 어차피 죽을 테니까.

그렇지만 지금은 다르다.

——주인님이 있는 곳으로 돌아가기로 결심했어요.

어떻게든 이곳을 탈출해야만 한다.

하지만 이 족쇄와 목걸이를 하고 있으면 마술을 사용하지 못하고, '마법'을 사용하려고 해도 자연이 너무 부족했다. '마법'이라는 것은 마술사가 생각하는 것처럼 별다른 제약 없이 사용할 수 있는 힘이 아니다.

어느 정도 발버둥을 쳐보다가 주위를 둘러봤다.

"이곳은……?"

"잘 몰라. 우리를 습격한 적의 아지트겠지."

그때 뚜벅뚜벅 다가오는 발소리가 들렸다.

샤스틸이 네피를 감싸듯 앞을 가로막고 섰지만 그녀도 수갑과 사슬에 채워진 채 벽에 묶여 있었다. 무방비한 모습만 드러낼 뿐이었다.

나타난 적은 역시 네피가 알고 있는 사람이었다.

"당신은 주인님의 친구가 아니었나요——발바로스 님."

자간의 친구로 성을 찾아왔던 마술사였다.

사이가 좋다고 할 수는 없었지만 친해 보였는데.

발바로스가 앙상하게 마른 얼굴에 미소를 지었다.

"친구! 오오, 이거 놀랍군. 마술사를 보고 그런 생각을 하는 사람이 있을 줄은 몰랐네."

그리고 웃으면서 네피의 뺨을 움켜쥐었다.

"녀석이 죽인 마술사 중에 원차(怨嗟) 안드라스라는 남자가 있었다. 놈이 제일 처음 죽인 마술사지. 난 그 사람의 제자다."

네피의 눈이 휘둥그레졌다.

"아, 착각은 하지 마. 스승의 원수를 갚는 건 마술사가 할 짓은 아니니까. 자간이 죽이지 않았으면 언젠가 내가 죽였을 거야."

그 말에서는 분노도 기만도 느껴지지 않았다.

아마 허세가 아니라 본심일 것이다.

"하지만 녀석이 그렇게 자랑해대는 성도, 널 낙찰받은 돈도, 그 예지도, 모두 내가 손에 넣었어야 하는 것들이야. 그런데 잠자코 그걸 넘겨주다니, 납득할 수 있겠냐?"

그리고 이번에는 샤스틸을 쳐다봤다.

"처음엔 교회 놈들을 선동해봤는데 생각대로 안 되더라고. 부하들은 간단히 꼬리가 잡혔고, 자간과 싸운 놈들은 되레 호되게 당했지. 성검이라면 팔 하나 정도는 잘라낼 줄 알았는데 말이야."

네피는 퍼뜩 떠올랐다.

발바로스가 성에 온 건 성기사의 습격이 있었던 직후로, 심지어 자간의 부상 상태를 확인하기까지 했다.

네피의 '마법'이 없었다면 실제로 그는 한 손으로 싸워야만 했을 것이다.

샤스틸이 발바로스를 찌릿 노려봤다.

"납치 사건의 범인이 설마 너였냐!"

"뭐야, 이제 알아차린 거냐?"

납치 사건의 범인――자간이 '마치 교회에 과시하는 듯한 사건이다'라고 이야기했던 게 떠올랐다.

――혹시 주인님은 이미 범인이 누구인지 알고 계셨던 걸까요?

누구인지 말하지는 않았지만 그 이야기를 하던 그는 왠지 체념어린 표정을 짓고 있었다.

샤스틸이 떨리는 목소리로 울부짖었다.

"자간 한 사람을 궁지에 빠뜨리기 위해 이렇게 무시무시한 사건을 일으켰다는 거냐?"

"설마?"

발바로스는 히힛 하고 기분 나쁜 소리로 웃었다.

"산 제물 이야기를 꺼낸 건 〈스킨 오프〉 녀석이지만, 우린 큰 의식을 치러 보일 필요가 있었다고."

"치러 보인다고……? 누구에게 보여준다는 거지?"

"하나밖에 더 있겠냐? 열두 명의 〈마왕〉들이다!"

발바로스는 두 팔을 벌렸다.

"나야말로 차기 〈마왕〉에 어울린다고 〈마왕〉들에게 보여주기 위해서다. 그게 다른 후보자들을 떨어뜨릴 유일한 방법이고."

그리고, 라며 발바로스는 네피에게 얼굴을 가까이 들이댔다.

"솔직히 산 제물들을 빼앗겼을 때는 당황했지만 그 대신 널 손에 넣었지. 백발 엘프의 마력이 있으면 나도 '문'을 열 수 있어."

네피는 그런 발바로스를 표정 없는 얼굴로 바라보았다.

"죄송하지만 아마도 그건 무의미할 겁니다."

"오, 제법이군. 내가 널 죽이지 않을 거라고 생각하는 거냐? 아니면 혹시 그거? 자간이 구하러 올 거라고 생각하는 거야?"

——자간이 구하러 온다——.

그 말을 듣자 가슴이 욱씬 아파왔다.

——과연 주인님이 와주실까요?

일단 네피가 이곳에 잡혀 있는 것 자체를 그는 모른다.

게다가 이게 이유가 될 수 있을지는 모르겠지만, 지금 그는 네피와 거리를 두려 하고 있다.

그가 진심으로 네피를 버린 건 아니라고 생각한다. 그런 사람은 그렇게 괴로운 표정을 짓지 않는다.

하지만 그가 네피를 구해주지 못하는 이유가 있을지도 모른다.

네피는 머리를 흔들었다.

——그렇지 않아.

또 약한 생각을 하고 말았다.

——주인님의 힘이 되어드리겠다고 결심했잖아요. 그러면서 주인님의 발목을 잡아서 어쩌겠다는 거죠?

이 정도 궁지도 알아서 헤쳐 나가지 못하면 그가 있는 곳으로 돌아가지 못한다.

네피는 표정 하나 변하지 않고 발바로스를 쳐다보았다.

"아니요. 이런 일로 주인님을 번거롭게 해드릴 생각은 없어요.

제 말은 그런 게 아니에요."

"오, 그럼 뭐지?"

"그 〈마왕〉이라는 것은 주인님께서 계승하셨으니까요."

발바로스의 얼굴에서 표정이 사라졌다.

"……거짓말."

"사실이에요. 그래서 저도 해고된 것이라고 들었고요."

발바로스가 비틀거리며 뒤로 물러났다.

"말도 안 돼. 그 녀석이, 〈마왕〉이라고?"

머리를 마구 쥐어뜯었다.

"안드라스의 유산을 빼앗은 걸로도 모자라 〈마왕〉의 자리까지?"

그러더니 왠지 맛이 간 눈으로 네피를 봤다.

오싹한 느낌을 받은 네피가 몸을 뒤로 물리자 발바로스가 목걸이를 잡아당겼다.

"으윽……."

팔다리가 모두 묶여 있는 탓에 그대로 무방비하게 바닥에 쓰러지고 말았다.

"따라와!"

발바로스가 향하는 곳에는 커다란 홀이 있었다.

"그놈이 〈마왕〉이라고? 웃기고 있군. 그렇다면 그 칭호를 힘으로 빼앗으면 되지. 이것만 완성되면 상대가 〈마왕〉이든 누구든 아무 상관없다."

그곳에는 소름 돋는 마법진이 그려져 있었다. 벽에 묶여 있을 때도 보였던 그 거대한 마법진이다.

중앙에는 거대한 문양이 새겨져 있고 그것을 미세한 문양으로 감싼 '회로'가 몇 십 층이나 그려져 있었다. 그 마법진 전체가 피로 그려져 있다는 것을 네피도 알 수 있었다.

이렇게 정교한 마법진을 그리는 데 도대체 얼마나 많은 산 제물을 필요로 했을까.

그 '완성'에 사용될 제물이 자신이라는 것을 알 수 있었다.

샤스틸이 분노해서 외쳤다.

"그, 그만둬! 차라리 날 산 제물로 삼아! 기사로서 그 정도 각오는 되어 있다!"

발바로스가 그런 샤스틸을 묘한 눈으로 노려봤다.

"그렇게 조르지 않아도 넌 다른 기회에 사용해줄 거니까 걱정하지 마. 이 의식에는 최상의 도구가 필요해서 그런 거니까."

네피는 어금니를 악물었다.

——도구——.

그랬다. 네피는 줄곧 그렇게 불리며 살아왔다.

——그렇지만 주인님은 한 번도 나를 도구라고 말하지 않았어.

자신은 아직 그 보답을 하지 못했다.

그렇기 때문에 이런 곳에서 무의미하게 죽을 수 없었다.

——살고 싶어.

네피는 처음으로 자신을 위해 그렇게 기도했다.

"……살아서 주인님이 있는 곳으로……, 돌아갈 거예요."

다시 쫓겨날지도 모른다. 화를 낼지도 모른다.

그래도 고집스럽게 성에 눌러앉을 것이다.

아침이 되면 식사 준비를 하고 자간이 먹어줄 때까지 가만히 기다릴 것이다.

세 끼를 그렇게 해도 소용없다면, 이번에는 무릎베개를 해줘보자. 자간이 좋아했던 걸 전부 다 해볼 테다.

——인내심 싸움이라면 주인님에게도 지지 않으니까요.

마치 시체처럼 학대를 견디며 살아온 나날이었다.

따뜻한 온기 하나 없었던 그 장소, 그 시간에 비하면 따뜻한 자간의 성에서라면 무슨 짓을 당해도 참을 수 있다.

그의 곁에 있는 사람이 꼭 네피여야 할 필요는 없을지도 모른다.

네피 말고 다른 소중한 사람이 생기는 날이 올지도 모른다.

——그래도 혼자 있는 건 안 돼요, 주인님.

혼자 있으면 마음이 죽어버린다.

아무것도 느끼지 못하게 되면서 세상 모든 것이 잿빛으로 보이게 된다.

그런 건 살아 있는 게 아니다.

그렇게 죽은 것이나 다름없는 네피에게 선명한 세계를 안겨준 사람은 다름 아닌 자간이었다.

그래서 그가 더 이상 혼자가 아니게 되는 그날까지 곁에서 힘이 되어주고 싶었다.

몸을 비틀어 저항했다.

"……이거, 놔."

"쳇, 이 자식이!"

초조해진 발바로스가 사슬을 잡아당기자 다시 쓰러진다. 바닥 위를 질질 끌려가는 바람에 팔과 무릎에서는 피가 흘렀다.

아파서 눈물이 솟아오른다.

하지만 네피는 이를 악물고 발바로스를 쏘아보았다.

——이런 건 하나도 힘들지 않아요.

자간에게서 나가라는 말을 들었을 때와 비교하면 아무것도 아니다.

슬픈 그의 얼굴을 봤을 때에 비하면 하나도 괴롭지 않다.

그래서 네피는 울부짖었다.

"전 주인님의 것이에요. 내 몸에 손대지 마세요!"

발바로스의 얼굴이 유쾌하게 일그러졌다.

"노예 주제에 잘난 척하지 마!"

발바로스가 손을 든다.

마술사의 힘으로 후려치면 네피의 가냘픈 몸은 잠시도 버티지 못할 것이다.

그래도 네피는 눈을 피하지 않았다.

그 순간이었다.

굉음과 함께 석벽이 산산이 부서졌다.

"무, 무슨 일이지?"

당황한 발바로스의 앞에 흙먼지를 헤치고 그 남자가 천천히 나타났다.

호오, 라는 목소리가 들려왔다.

"잘 말했다, 네피. 그래야 내 제자지."

누구보다 보고 싶었던 주인이 그곳에 서 있었다.

◇

"여어, 발바로스. 일주일 만인가?"

자간은 친한 친구를 대하듯 평소와 똑같이 인사를 건넸다.

발바로스의 얼굴은 순식간에 굳어갔다.

자간은 마뉴엘라가 오자마자 곧장 이곳으로 왔다. 발바로스의 은신처는 전부 다 알고 있고, 큐아노에이데스에서 달려갈 수 있는 곳은 한정되어 있었다.

하지만 몇 군데 후보가 더 있어서 일단 이 잡듯이 샅샅이 뒤질 생각이었다. 첫 번째로 온 곳에서 네피를 찾아낸 건 정말 행운이었다.

"저, 저기, 마술사 씨. 괜찮아? 마술사는 다른 마술사의 영지에 들어가면 무진장 불리하다고 들었는데?"

자간의 뒤를 따라온 마뉴엘라가 머뭇거리며 말했지만 자간은 어깨만 으쓱일 뿐이었다.

참고로 세 기사들은 어차피 싸울 수 있는 상태가 아니었기 때문에 밖에 두고 왔다.

조금은 냉정함을 되찾은 걸까, 발바로스가 자간을 응시했다.

"……언제부터 눈치채고 있었지?"

여긴 어떻게 왔냐고 묻지 않는다는 것은 발바로스도 각오를 하고 있었다는 뜻이리라.

자간은 목 뒤를 긁적이며 대답했다.

"가장 처음에 수상하다고 생각했던 건 〈스킨 오프〉라는 마술사가 왔을 때였던가?"

샤스틸을 습격했던 마술사다.

――그러고 보니 그 녀석도 여기 있는 건가?

찾아보니 샤스틸은 수갑이 채워진 채 벽에 묶여 있었다. ……마술사에게 자주 지는 성기사라는 생각에 살짝 동정심이 생겼다.

그렇지만 다시 발바로스에게로 시선을 돌렸다.

"저기 있는 여자를 밖으로 내쫓으려고 하니까, 결계를 확인하려는 것처럼 네가 왔잖아? 그걸 보고도 의심하지 않으면 바보지."

확신을 가지게 된 건 〈마왕〉들에게 이야기를 들었을 때지만 줄곧 의심을 품고 있기는 했다.

굳이 말하지 않은 건 단순히 아무래도 상관없었기 때문이다. 발바로스에게 우정을 느끼지 않은 건 아니었지만, 그가 배신을 하든 자간을 적대시하든 관심이 없었다.

발바로스가 의외라는 표정을 지었다.

"그러면서도 경매장에 가자는 제안을 용케도 받아들였군."

"네가 무슨 짓을 꾸미고 있는지는 신경 쓰였으니까. 게다가 원래 〈마왕〉의 유산에 흥미가 있었고.”

결과적으로 자간은 그 덕분에 네피를 만났다. 그런 의미에서는 지금도 이 남자에게 감사하고 있다.

자간은 쓴웃음을 지으며 ‘그 전에’라고 말했다.

“너, 네피에게 상처를 입혔겠다?”

지면이 부서졌다.

자간이 내딛은 한 걸음에 암반이 깨진 것이다.

“——큭!”

발바로스가 방어 자세를 잡았을 때 자간은 이미 그의 바로 앞에서 있었다.

“이 자식——.”

“우선 팔이다.”

무언가 마술을 사용할 생각이었는지 발바로스가 들어 올린 팔을 자간이 한 손으로 뿌리쳤다.

뚝 하는 소름 끼치는 소리가 들리더니 발바로스의 두 팔이 기이한 방향으로 비틀렸다.

“——?”

“다음은 무릎이다.”

소리 없는 비명을 지르는 발바로스에게 이번에는 가차 없는 다리 후리기를 날린다.

아니, 다리 후리기는 정확한 표현이 아니다. 대각선 위에서 무릎을 세게 걷어찼다. 그 일격은 무릎 관절을 산산조각 냈다.

"으아아아아악!"

발바로스는 거품까지 물고 기절했다.

자간이 발을 내딛고 나서 불과 몇 초 만에 일어난 일이었다.

팔다리가 부러져 벌레처럼 바닥에 쓰러진 친구를 힐끔 곁눈질한 자간은 네피의 앞에 무릎을 꿇었다.

손발을 구속하고 있는 사슬을 힘껏 뜯어내고 목걸이도 풀어주었다. 이 목걸이는 예전 것과는 달리 별다른 장치가 없어서 그냥 힘으로도 쉽게 풀 수 있었다.

자간은 소녀를 구속하는 것이 아무것도 없다는 것을 확인한 다음 네피의 얼굴을 보았다.

새하얀 머리는 진흙이 묻어 더러워졌고 눈에는 눈물이 맺혀 있었다.

"저기……, 아프지, 않았어?"

"……아팠어요."

"그래. ……미안하다."

네피가 자간의 가슴을 때렸다.

"저보다 주인님이 더 아파 보였어요."

"……내가?"

네피의 눈에서 눈물이 뚝뚝 떨어졌다.

"주인님에게 어떤 일이 있었는지는 잘 몰라요. 제가 필요 없다고 하시면 받아들이는 수밖에 없다고 생각합니다. 그렇지만——."

네피는 그의 가슴에 꼭 매달렸다.

"주인님이 상처를 입었는데 어떻게 가만히 있을 수 있겠어요!"

네피가 큰 소리를 내는 건 처음 봤다.

"내가 상처를 입은 것처럼 보여?"

"네."

"굳이 따지자면 상처를 입힌 쪽이라고 생각하는데……."

"그것과 주인님이 상처 입었는지는 다른 이야기예요."

"……역시 내가 상처를 입히긴 했네."

"이야기를 돌리지 마세요."

오늘 네피는 꽤 단호했다.

손을 놓지 않은 채 자간의 얼굴을 올려다봤다.

"혼자, 있지 마세요, 주인님."

가슴속에서 뜨거운 것이 치밀어 올랐다.

――난 널 혼자 있게 했는데?

그런데도 네피는 원망은커녕 그렇게 말해주었다.

이 소녀를 꽉 안아주고 싶다고 생각하는 건 너무 이기적인 생각일까.

"네피……."

무엇보다 지금 꼭 해야 할 말이 있었다.

자간이 그 말을 하려고 했을 때였다.

"멍청한 놈, 숨통을 끊지도 않고 이긴 줄 알면 안 되지!"

부러진 팔다리를 재생시킨 것일까. 발바로스가 자리에서 일어났다.

발밑에는 핏빛 마법진이 펼쳐져 있었다.

"주인님!"

네피가 비명을 질렀지만 자간은 그녀를 진정시키듯 머리를 쓰다듬어주었다.

"아무 일도 일어나지 않을 테니까 걱정하지 마."

"무――?"

아니나 다를까, 자간의 말대로 마법진에서는 아무 일도 일어나지 않았다.

발바로스의 마술이 발동하지 않은 게 아니다. 발동했지만 아무 일도 일어나지 않은 것이다.

"어떻게, 된 거예요……?"

네피가 의아한 표정을 짓자 자간이 말했다.

"전에 이론상 최강의 마술이 존재한다는 이야기를 한 적이 있지?"

마법진 내부에 회로를 증설하는, 마술의 법칙을 파괴하는 마술. 이론상으로는 존재하지만 현실에서는 불가능한 탁상공론이다.

"실은 말이야, 그것을 실현시킬 수 있는 비법 같은 게 있어."

재빨리 허공에 대고 손가락을 움직여 바닥에 그려진 마법진과 똑같은 것을 그린다.

"상대의 것과 똑같은 마법진이라면 내부에 겹칠 수 있지. 그러면 마술은 공진에 가까운 현상을 일으키게 돼."

처음 마술을 사용한 건 여덟 살 때였다.

당시 부랑아였던 자간은 〈원차〉 안드라스의 손에 산 제물로 잡혔다.

자신처럼 신원을 알 수 없는 아이가 마술사에게 잡힌다는 게 어떤 의미인지 자간은 이미 알고 있었다.

그래서 마술사에게 잡힐 때 본 마법진의 형태를 잘 외워서 자신의 팔에 몰래 그려두었다. 그릴 도구가 없었기 때문에 자신의 피를 이용해서.

지금 생각해보면 어린아이의 잔꾀였다. 아마추어가 모양만 흉내 낸다고 해서 마술을 사용할 수 있는 게 아니니 말이다.

그런데도 자간의 마술은 발동했다.

도망치려다 안드라스에게 들켜서 죽을 위기에 처했을 때였다.

자간은 자신에게 내리꽂히는 번개를 향해 똑같은 마술을 사용했다.

우연이었을까. 완전히 똑같은 마술을 찰나의 시간을 두고 발동시키자, 공진한 마술은 안드라스에게 튕겨져 돌아갔다.

말만큼 간단한 현상은 아니다. 똑같은 마술이 겹쳐지면서 폭발해서 상쇄되거나 전부 자신에게 돌아올 뿐이다. 애당초 발동 자체가 늦을 가능성이 높다.

0.01초도 되지 않는 순간에 똑같은 마술이 겹쳐져 발동되었기 때문에 일어난 기적이었다.

자간은 그대로 안드라스를 죽였다.

이것이 바로 자간만의 마술——열두 명의 〈마왕〉이 자간을 맹우로 선택한 힘이었다.

발바로스가 후퇴했다.

"마, 말도 안 돼……. 그게 안드라스의 유산이냐?"

"안드라스……? 아, 그러고 보니 그런 놈도 있었지. 그 놈도 이런 기술을 가지고 있었나?"

그런 것치고는 너무 쉽게 죽었지만.

아니라는 걸 깨달은 것일까. 발바로스의 얼굴이 창백해졌다.

"너, 넌 도대체, 정체가 뭐야아아아아!"

반쯤 정신이 나간 발바로스가 마술을 난사했다.

이곳은 그의 결계 안이다. 발바로스의 힘은 극한까지 높아지고 반대로 자간의 힘은 눈에 띄게 쇠약해졌다.

그럼에도 불구하고 발바로스의 마술은 무엇 하나 자간에게 닿지 못한 채 그 직전에서 사라졌다. 발바로스가 펼치는 모든 마술에 똑같은 마법진을 그려서 '공진'을 일으켰기 때문이다.

처음 보는 마술이라도 순식간에 그렇게 할 수 있다.

재능이라는 게 있다면 이것이 자간의 마술 재능이리라.

네피가 깜짝 놀라서 중얼거렸다.

"그렇지만 어째서 아무 일도 일어나지 않는 거예요? 똑같은 마술을 더해도 마술 자체는 발동하는 게……."

"좋은 착안점이다, 네피."

뛰어난 의견을 낸 제자를 자간이 솔직하게 칭찬해주었다.

"방금 말한 건 타이밍만 맞으면 초보도 할 수 있는 기초 중의 기초다. 마술이라고 하려면 더 발전시켜야겠지."

자간이 제일 처음 익힌 건 '공진'에 의한 마술의 반사다.

그것을 반사만이 아니라 다른 형태로 승화시킬 수 없는지 생각했을 때부터 자간의 마술사로서의 연구가 시작되었다.

이윽고 한 번 '공명'시킨 마술을 자신의 마력으로 환원시키는 데 성공했다.

자간은 로브를 펄럭이며 팔을 벌렸다.

그 오른팔에는 마법진 몇 개가 줄지어 있었다.

마법진은 모두 기동 상태였다. 안에서 마력이 계속해서 순환하고 있기 때문이다.

"보이나? 이게 바로 방금 발바로스가 발동한 마술을 변환시킨 마법진이다."

즉, **마술의 흡수**다.

마술의 행사 자체가 자간에게 힘을 주는 것이다. 설령 〈마왕〉이라도 마술로는 자간을 죽이지 못한다.

이것이 바로 자간을 〈마왕〉으로 만든 마술이었다.

"그래도 아직은 내가 능숙하게 다룰 수 있는 마술이 아니면 변환하지 못하지만. 앞으로 어떤 마술에도 응용할 수 있도록 발전시킬 필요가 있지."

완성이라고 부르기엔 너무나도 미숙한 힘이다.

그래서 〈마왕〉들은 자간을 왜소하다고 했던 것이다.

발바로스의 얼굴이 경악으로 일그러졌다.

"내 마술을 **먹었다는** 거냐?"

한 번 보고 그런 표현이 나오는 걸 보면 역시 이 남자도 일류 마술사인 모양이다.

자간이 가장 능숙하게 다루는 마술——바로 육체 강화다.

다른 마술사가 발하는 마술을 '공진'시켜서 자신을 강화하는 힘으로 변환시킨다. 확실히 마술을 먹는다고 표현할 만했다.

자간은 문득 생각난 것처럼 말했다.

"그러고 보니 발바로스. 드디어 나도 통칭을 가지게 되었다."

오른손을 꽉 쥐었다.

팔에 휘감겨 있는 마법진이 빛을 내며 회전했다.

"——〈마술사 킬러〉——그것이 바로 내 통칭이라더군."

그리고 주먹을 날렸다.

발바로스도 분명 방어를 했다.

하지만 그의 마술을 모두 자간에게 흡수되었다. 몸을 강화하려고 해도 육체 강화로 자간보다 뛰어난 마술사는 존재하지 않는다.

즉, 자간이 주먹을 휘두르면 그것을 막을 수 있는 마술사는 존재하지 않는다.

설령 그것이 〈마왕〉이라 하더라도.

"커헉!"

자간의 주먹이 발바로스의 몸통에 꽂혔다. 내장이 파열되고 등

뼈까지 부서지는 감촉이 전해져왔다.

몸을 구부린 채 날아간 발바로스는 그대로 홀의 커다란 마법진에 내동댕이쳐져 두세 번 굴렀다.

발바로스는 피를 토하며 움찔움찔 몸을 경련했다.

자간은 천천히 그를 쫓아갔다.

“자, 잠깐 기다려. 내가 졌다. 더는 못 싸워. 이젠 네 앞에도 나타나지 않겠다고 맹세하지. 내가 가진 지식도 모두 양도하마.”

목숨을 구걸하기 시작하는 발바로스를 보고 자간은 주먹을 쥐었다.

팔에 휘감겨 있는 마법진은 몇 개인가 수가 줄었지만 아직 남아 있었다.

발바로스의 얼굴이 새파랗게 질렸다.

“자간, 우린 친구잖아?”

보기 흉한 한마디에 자간은 진지한 얼굴로 고개를 갸웃거렸다.

“마술사에게 친구라는 개념이 있던가?”

그리고 주먹을 내리쳤다.

암반이 깨지면서 홀에 그려진 마법진이 흔적도 없이 무너졌다. 파괴는 바닥에 그치지 않고 바위로 된 벽과 천장까지 번졌다. 그 균열은 샤스틸을 묶어둔 벽까지 침식해서 사슬을 풀어주었다.

그런 일격을 정면으로 받은 발바로스는 살점 하나 남아 있지……, 않을 터였다.

"으, 으아아아……."

발바로스는 눈을 뒤집고 뻗어 있었다. 자간의 주먹은 그의 머리 바로 옆에 박혀 있었다.

친구의 보기 흉한 모습에 자간은 웃음을 터뜨렸다.

"하하하, 장난이다. 그렇게 쫄지 말라고."

"이, 이 자식……! 무슨 생각이냐?"

자간은 어깨를 으쓱였다.

"뭐, 그냥 죽여도 상관없지만 널 죽이면 맛있는 술을 못 마시게 되잖아. 난 술의 종류에 대해서는 잘 모르니까."

"자비를 베풀겠다는 거냐……."

"이런 건 여유라고 하는 거다."

발바로스가 자간을 노려봤다.

"웃기지 마……. 날 살려두면 반드시 널 죽일 거다. 반드시! 네가 죽을 때까지 절대 포기하지 않을 거야!"

"상관없다. 네가 질 때마다 맛있는 술을 바쳐야겠지만."

발바로스는 이해가 안 된다는 듯 눈을 커다랗게 떴다.

"도대체 무슨 말을 하는 거지? 마술사가 적을 죽이지 않다니 말이 된다고 생각하냐?"

"아아, 그것 말인데……."

자간은 깜빡 잊고 있었다며 손을 마주쳤다.

"발바로스. 난 〈마왕〉의 자리를 계승했다."

발바로스가 분한 듯 이를 악물었다. 자간은 그 모습을 보며 말을 이었다.

"〈마왕〉이 관례와 규칙을 신경 쓰는 건 우스꽝스럽다고 생각하지 않나?"

열두 명의 〈마왕〉은 무시무시할 정도로 강력했다.

그들과 대면한 후, 모든 마술사의 최종 목적지는 그곳이라는 것을 통감했다.

공포를 느꼈다.

——웃기지 말라고.

왜 그런 착각을 한 걸까.

자간은 살고 싶어서 강해진 게 아닌가.

학대당하는 것이 싫어서 강한 힘을 원했던 것이 아닌가.

그런 그가 다른 사람의 힘에 굴복하는 건 자신에 대한 배신이나 다름없다.

——그렇게 한심한 인간이라 네피에게까지 상처를 주고 말았다.

그런 패배자인 채로 가만히 있을 만큼 자간의 이해력은 좋지 못했다.

그래서 당당하게 선언했다.

"난 내가 하고 싶은 대로 행동할 것이다. 네피를 햇빛 아래에서 살게 해주고 싶으면 햇빛이 비치는 곳도 지배하면 될 일이야."

그리고 다시 발바로스를 내려다봤다.

"그러니 너도 죽이지 않을 거다. 내가 그러기로 정했기 때문이야. 그게 마음에 들지 않으면 나를 복종시킬 수 있는 힘을 보여라."

발바로스는 힘이 풀린 것처럼 팔다리를 늘어뜨렸다. 힘에서만이 아니라 정신이 패배를 인정한 것이다.

진정한 의미에서 결말이 난 순간이었다.

"오만한 놈이로군."

"암, 그렇고말고. 오만해야 〈마왕〉이라 할 수 있지."

그렇게 말하며 웃었을 때였다.

깨진 줄 알았던 홀의 마법진이 희미하게 빛나기 시작했다.

"……어이, 아직 싸울 생각이냐, 발바로스?"

어이가 없다는 표정을 짓자 발바로스는 고개를 흔들었다.

"아, 아니야, 내가 아니다."

자간은 자신이 주먹으로 때린 곳을 봤다.

마법진의 중심이다. 그리고 자간의 마술은 타인의 마법진과 공진한다. 무의식적으로 이곳의 마법진에 간섭하고 만 것인지도 모른다.

──뭐지? 비정상적으로 마력이 모이고 있는 것 같은데?

자간도 다 흡수할 수 없을 정도의 힘이었다. 인간의 허용량을 넘는 힘이다.

"……너, 뭘 하려던 중이었지?"

발바로스의 얼굴이 움찔 경련했다.

"진짜 마족을 소환할 생각이었다."

마술에 사용하는 문양, 혹은 교회의 문양 역시 마찬가지일지도 모른다. 그것은 고대의 신이나 악마가 남긴 문자라는 설이 있다.

——그런, '진짜'를 불러내는 게 가능할까?

아직 젊은 자간은 모르는 마술의 심연이었다.

자간이 외쳤다.

"네피, 도망쳐! 마뉴엘라, 너희들도!"

하지만 그게 무리한 요구라는 건 자간도 알고 있었다.

동굴이 무너질 것처럼 흔들렸다.

자간의 일격으로 온통 균열이 생긴 상태에 마법진의 힘까지 더해졌다. 천장까지 무너지기 시작해서 도망은커녕 제대로 서 있기도 힘들었다.

"큭, 무슨 일이 일어나고 있는 거지?"

그래도 샤스틸은 네피가 있는 곳까지 기어와서 그녀를 지키듯이 위에서부터 몸을 감쌌다. 그녀는 역시 기사였다. 날개를 가진 마뉴엘라도 이렇게 좁은 곳에서는 날 수 없어서 꼼짝달싹도 못하고 있었다.

——각오하는 수밖에 없나.

무엇이 나타날지 모르지만 맞서 싸우는 수밖에 없다.

그리고 마법진의 중심에서 그것이 나타났다.

자간은 순간적으로 자신이 얼마나 교만했는지 깨달았다.

마법진이 불완전했기 때문일까, 아니면 우연히 발동했기 때문일까, 그것은 뚜렷한 형태조차 없는 단순한 '그림자'였다.

그 그림자에 자간은 공포를 느꼈다.

——무리다. 인간이 이런 것을 상대로 이길 수 있을 리 없어.

숨이 막혔다.

열두 명의 〈마왕〉들과 대면했을 때도 이 정도 위압감은 느끼지 못했다.

네피는 창백하게 질려서 떨고 있었다. 샤스틸은 더 이상 견디지 못하고 정신을 잃었다. 마뉴엘라도 얼굴을 가린 채 주저앉았다.

——이게 바로 마족인가……!

〈마술사 킬러〉라는 통칭을 가지게 되었지만, 이 괴물이 휘두르는 게 과연 마술이기는 한 걸까. 설령 마술이라도 자간의 처리 능력으로 상쇄할 수 있을까.

불가능하다.

아무리 많은 힘을 손에 넣어도 인간은 신이 되지 못한다.

죽음을 각오한 바로 그때였다.

괴물이 갑자기 무릎을 꿇었다.

마치 자간을 모시는 것처럼.

그리고 이렇게 말했다.

「나의 왕이여. 무엇이든 명령하십시오.」

어떻게 된 일일까, 인지를 뛰어넘은 괴물은 자간에게 복종했다.

자신의 주먹에 어떤 문양이 떠올라 있는 게 보였다.

〈마왕〉으로서 계승한 〈마왕의 각인〉——괴물은 이 문양을 따르고 있는 것이다.

——난 도대체 무엇을 손에 넣은 거지?

〈마왕〉의 이름은 단순한 칭호라 하기에는 너무 강한 힘을 가지고 있었다.

✡ 에필로그

긴 밤이 지나고 아침 해가 떠올랐다.

괴물은 자간이 명령하자 돌아갔다. 어디서 불러냈는지는 모르지만 그들이 사는 다른 곳으로.

그 직후 동굴이 무너지기 시작하면서 자간은 네피와 샤스틸, 마뉴엘라, 그리고 발바로스까지 데리고 탈출해야 했다.

그리고 아슬아슬하게 탈출에 성공했다.

사실은 탈출에 실패할 뻔했으나, 세 기사들이 결사의 각오로 뛰어들었다. 그들이 샤스틸과 마뉴엘라를 맡아준 덕분에 탈출할 수 있었던 것이다.

전혀 도움이 되지 않을 줄 알았는데 가장 마지막 순간에 정말로 도움이 되어주었다.

……물론 마지막까지 '우리는 샤스틸 님과 시민의 안전을 우선시한 것일 뿐, 사악한 마술사에게 협력한 것도 이대로 보낼 생각도 없다!'라며 꼴사나운 소리를 해댔지만.

그들은 그대로 샤스틸을 데리고 떠났다. 발바로스에게 빼앗긴 성검도 회수한 것 같았다. 결국 정신을 잃은 그녀와 대화를 나눌 기회는 없었지만.

샤스틸이 떠나자 마뉴엘라도 돌아갔다.

"이젠 둘이서 제대로 대화를 나누는 거야."

그런 쓸데없는 참견을 한 채.

그리하여 무너진 동굴을 바라보고 있는 건 자간과 네피, 그리고 발바로스, 세 사람이 되었다.

자간은 바위의 잔해를 보면서 물었다.

"이제 어떻게 할 거지? 아직 더 싸울 거냐?"

"……나 참, 그런 괴물을 봤는데 뭘 어쩌란 거냐."

어쩌다 보니 그렇게 되기는 했지만, 자간은 그 괴물――그것을 '마족'이라 부르는 게 맞는지 아직 잘 모르겠지만――을 사역해 보였다.

그 순간 발바로스의 적개심도 사라진 듯했다.

"뭐라고 했더라? 맛 좋은 술을 들고 가면 사과로 받아준다고 했던가?"

"그래, 아주 좋은 놈으로 기대하고 있으마."

"네, 네."

발바로스도 일어날 수 있을 정도로 회복되자 곧 어딘가로 가버렸다.

이 남자는 자간이 방심한 틈을 노리고 다시 공격해올 것이다.

하지만 그래도 상관없다.

이런 남자이기는 하지만――굳이 죽일 필요는 없으리라――왠지 미워할 수 없는 면이 있었다. 그래서 살려둔 것이다.

그리고 드디어 자간은 네피와 단둘이 남게 되었다.

――어떡하지, 뭐라고 말하면 되지?

지난 보름 동안 제법 이야기를 나눌 수 있게 되었는데 다시 뭐라고 말하면 좋은지 모르게 되었다.

자간이 네피에게 상처를 주고 쫓아낸 지 아직 하루도 지나지 않았으니 그럴 만도 했다.

이마에 땀을 흘리고 있자 먼저 입을 연 건 네피였다.

"주인님, 전 주인님 곁에 있고 싶어요."

"……그래도 괜찮겠나? 난 그런 말까지 했으니 무리하지 않아도 괜찮다."

"주인님이어야, 해요."

자간은 그런 소녀에게 반한 건지도 모른다.

――뭐야, 강해졌잖아.

고작 한마디를 하는 데도 우왕좌왕하는 자간보다 훨씬 더.

자간은 곤혹스러운 표정을 지었다.

"그렇지만 예전처럼 지낼 수는 없어."

"……안 되나요?"

"그래, 안 돼."

자간은 네피의 앞에 무릎을 꿇고 그녀의 감청색 눈동자를 똑바로 바라보았다.

그녀에게 해야 하는 말이 있었다.

이제는 혼자 두지 않을 것이다.

〈마왕〉의 모든 권능을 사용해서라도 지켜 보일 것이다.

그러니 계속 곁에 있어줬으면 좋겠다. 무엇보다――,

――난 네피를 좋아한다. 사랑하고 있어.

네피에게 상처를 주고 내쫓았던 자신이 다시 돌아와 달라고 청하려는 것이다. 이 마음을 전하지 않으면 그 말도 하지 못한다.

자간은 조용히 숨을 가다듬고 입을 열었다.

"날 '주인님'이 아니라 이름으로 불러줘."

네피의 눈이 동그래졌다.

"'주인님'이라고 부르면 안 되나요?"

"그래, 안 돼. 그렇게 부르면 아무리 시간이 지나도 네피는 노예이고 난 그 주인으로밖에 있을 수 없어."

당황하는 네피의 어깨를 잡았다.

"노예도 하인도 제자도 아닌 사이가 되고 싶다."

"즈, 즉……?"

뾰족한 귀가 경련하듯 떨린다.

자간도 긴장으로 떨면서 입을 열었다.

"즉, 널……조……좋……."

——널 좋아한다——.

그 간단한 말이 목구멍에 걸린 것처럼 밖으로 나오지 않았다.

목이 바짝 말라서 목소리가 나오지 않는다. 발바로스를 단번에 때려눕히고 마족까지 쫓아낸 자신의 무릎이 한심할 만큼 떨렸다.

갈등 끝에 자간의 입을 뚫고 나온 것은 이런 말이었다.

"넌 내 것이다. 언제까지나, 평생, 둘 중 하나가 죽을 때까지, 아니, 죽어도!"

말하고 나서 털썩 무릎을 꿇었다.

——도대체 왜 '좋아한다'는 한 마디도 못하는 거지?!

처음 봤을 때부터 마음을 빼앗겼다.

그녀의 마음을 얻고 싶어서 지난 보름 동안 우왕좌왕했다. 자신이 패기 없는 남자인 탓에 상처 입힌 적도 있었다.

그래도 지금이야말로 자신의 마음을 고백할 수 있는 좋은 기회인데 자간은 그러지 못했다.

자신의 무력함에 눈물까지 글썽이고 있자 네피는 평소처럼 이렇게 대답했다.

"네!"

늘 그렇듯 고개를 끄덕이며──,

그리고 꽃이 피는 것처럼 환한 미소를 지었다.

──네피가, 웃었어…….

자간도 처음 보는 표정이었다.

자기도 모르게 넋을 놓고 보고 있자 네피는 목걸이 잔해를 꺼냈다. 불과 몇 시간 전까지 그녀의 목에 채워져 있던 것이다. 열쇠로 열었기 때문에 부서지지는 않았다.

"이걸 다시 채워주세요."

"아니, 그건 안 돼. 이건 노예의……."

그렇게 말하는 자간의 입술에 네피의 검지가 살짝 닿았다.

"이게 좋아요. 저와 주인님의……."

말을 하던 네피는 당황해서 머뭇거렸다.

"저와 **자간 님**의 첫 번째 연결 고리잖아요."

자간은 풀어줬던 목걸이를 손에 들었다.

자신의 마음은 전하지 못했다. 그런데도 네피는 다시 목걸이를 채워달라고 했다.

마치 맹세의 반지처럼.

약혼반지라고 하기에는 너무나도 흉흉한 링.

그래도 두 사람에게는 둘도 없는 '증표'였다.

"그래, 알았다."

자간은 네피의 목에 다시 목걸이를 채워줬다.

마력을 봉해서 네피를 예속시키는, 보기에도 흉흉한 쇳덩어리.

그렇지만 자신과 네피에게는 정반대의 의미를 가지는 증표.

그리고 네피는 멍하게 고개를 갸웃거렸다.

"저, 자간 님."

"응?"

"노예도 하인도 제자도 아닌 관계는 어떤 거죠?"

자간의 얼굴이 딱딱하게 굳었다.

——오히려 내가 묻고 싶다고!

연인이 되어줘——그 말을 못한 자간은 다시 고뇌에 빠졌다.

——마왕인 내가 노예 엘프를 신부로 삼았는데 어떻게 사랑하면 되지?

누군가가 가르쳐주기를 진심으로 기도했다.

후기

여러분, 안녕하세요. HJ 문고에서는 처음 찾아뵙네요. 『마왕인 내가 노예 엘프를 신부로 삼았는데 어떻게 사랑하면 되지?』를 선보이게 된 테시마 후미노리라고 합니다.

이 작품은 강한 힘을 가지고 있지만 가혹한 인생을 살아온 한 남자가 가여운 미소녀와 만나 깊은 인연을 쌓아가는 초대작 순애 드라마입니다(어폐 있음).

농담은 이쯤 해두고, 오랜만에 쓰는 본격 판타지입니다.

검과 마법도 있고, 엘프와 유익(有翼)인종, 털이 난 귀를 가진 수인도 나온답니다. 신과 마왕, 마족도 있고 통화는 금화와 은화로 돈이 없으면 노상강도짓도 합니다. 어렸을 때 먹을 것을 훔치다가 흠씬 두들겨 맞은 적도 있는 소년이 주인공이에요.

그 소년은 엘프 소녀를 보고 첫눈에 반하면서 힘으로도 손에 넣지 못하는 것이 있다는 것을 알게 되죠. 네, 어두컴컴한 연구실에 틀어박혀 있는 마술사에게는 커뮤니케이션 능력이 존재하지 않았던 겁니다.

그런 가슴 아픈 첫사랑을 따뜻한 눈으로 지켜봐주시면 감사하겠습니다.

RPG 비슷한 이세계 판타지를 쓰는 건 이래저래 2년 만인 것 같아요. 왠지 그리운 것 같기도 하고 부끄러운 것 같기도 한, 복잡한 심정입니다.

오랜만이라고 하면 이번 작품의 일러스트를 맡아주신 COMTA 씨도 마찬가지인데, 사실 『그림자 집사 마르크의 실수』라는 시리즈에서도 일러스트를 맡아주셨습니다. 콤비를 이룬 건 이번으로 두 번째예요.

그 덕분에 일러스트의 퀄리티도 알고 있다 보니 마음이 놓여서 그 부분에 대한 불안이 없었다는 점이 참 좋았던 것 같습니다.

앞으로의 일정은 일단 이번 2월에 소설판 데스크톱 아미 제2권 『데스크톱 아미 하멜른의 피리 부는 요정』이 발매.

다음 봄부터 방송되는 애니메이션 『프레임 암즈 걸』의 소설화를 담당하게 되었는데, 이 작품이 4월 말에 패미통 문고에서 발매 예정. 또 하나, 패미통 문고에서 다른 신작도 준비 중인데 이것도 비슷한 시기에 나오지 않을까 합니다.

그 외에도 작업 중인 신작이 몇 개 더 있지만 지금 말씀드릴 수 있는 건 이 정도예요. 다른 신작도 장마 즈음에는 발매되지 않을까 싶습니다.

마지막으로 이번에 신세를 지게 된 분들에 대한 감사 인사.

본 기획을 세우고 많은 충고를 해주신 담당 K님. 사랑스럽고 아름다운 일러스트를 그려주신 일러스트레이터 COMTA님. 표지 디자인, 교정, 광고 등을 맡아주신 여러분. 최근에는 오므라이스도 만들어주게 된 아이들. 그리고 이 작품을 구입해주신 여러분.

감사드립니다!

2017년 1월 프라모델을 조립하고 싶은 밤에 테시마 후미노리

아틀리에 달의 창신관(窓新館) http://teshima.exblog.jp/

NEXT

마왕인 내가 노예 엘프를 신부로 삼았는데 어떻게 사랑하면 되지?
1

2017년 7월 10일 제1판 제1쇄 발행
2017년 8월 30일 제1판 제2쇄 발행

지음 | **테시마 후미노리**
일러스트 | **COMTA**
옮김 | **권미량**

발행인 | 이정식
편집인 | 최원영
편집팀장 | 김충영
편집담당 | 윤찬영
한국어판 디자인 | Design Plus
라이츠사업팀 | 이은선, 박선희, 아오키 마리나
출판영업팀 | 안영배, 한성봉
제작담당 | 박석주

발행처 | (주)서울문화사
등록일 | 1988년 2월 16일
등록번호 | 2-484
주소 | 서울특별시 용산구 새창로 221-19(한강로2가)
전화 | (02)799-9174(편집), (02)791-0757(마케팅)
팩스 | (02)799-9334(편집)
인쇄처 | 코리아 피앤피

ISBN 978-89-263-6300-3
ISBN 978-89-263-6299-0 (세트)

●잘못된 책은 구입하신 곳에서 교환해 드립니다.

일본 현지 애니메이션 7월 방영 개시!!

게이머즈!

6

외톨이 게이머와 고백 체인콤보

"아마노……. 이제 이런 관계는 끝내자."

초판한정
책갈피
증정!

애니메이션
방영 기념
일러스트 퍼즐
BOX 한정판
발매!!

《슈필 왕국》에서 일어난 사건 때문에 정신이 망가져 버린 텐도 카렌과 우에하라 타스쿠는 게임부에서 열심히 티슈를 먹어댄다. 한편 아구리와 실시간으로 난생처음 '수라장'을 경험하고 있는 아마노 케이타는 충격적인 고백을 하는데.

"텐도가 나에게 진심으로 환멸을 느낀다면……, 그 때는 깨끗이 헤어질 거야."

무너져가는 연인들의 관계. 이 위기의 순간에 등장한 인물은, 이 이야기의 구경꾼이면서도 쓸데없이 주인공 체질을 타고난 청년이었다!

"이의 있소! 분명히 이건 늘 그렇듯이 오해의 산물일 겁니다!"

게임부에서 한바탕 역전재판을 벌인 끝에
텐도가 내린 결론은!

아오이 세키나 지음 | **사보텐** 일러스트 | **한수진** 옮김

J NOVEL **절찬 판매 중!**